Peter-Magnus Schoas

Oma, wir machen Urlaub

Bibliografische Information der Deutschen
Nationalbibliothek:
Die Deutsche Nationalbibliothek verzeichnet diese Publi-
kationen in der Deutschen Nationalbibliografie; detaillier-
te bibliografische Daten sind im Internet über
http://dnb.dnb.de abrufbar.

Impressum

© 2018 Peter-Magnus Schoas
Deutsche Erstausgabe 2018
Herstellung: BoD – Books on Demand; Norderstedt
Lektorat: Heike Deschle, www.heike-deschle-redaktion.de
Korrektur: Barbara Lösel, www.wortvergnügen.de
Umschlaggestaltung: BoD – Book on Demand

Gesetzt in Garamond

ISBN 978-3-75282-055-3

Prolog

Ein Erlebnis im privaten Umfeld und die Erkenntnis, wenig oder gar nichts für den Menschen tun zu können, der durch das Raster einer würdigen Altenpflege fällt, weckten in mir den Wunsch, darüber zu schreiben. Zwanzig Millionen Pensionäre und Rentner stellen nicht nur politisch ein Gewicht dar. Viele von ihnen wollen – entgegen des gängigen Vorurteils – der jüngeren Generation eben gerade nicht zur Last zu fallen.

Dennoch hegen nicht wenige Alte begründete Ängste, nach aufopfernden Jahren harter Arbeit und Kindererziehung ausgedient zu haben, als Ballast ins Abseits abgeschoben zu werden. Sei es in ein Altenheim oder – wie im Handlungsablauf meines Romans – in eine Residenz im Ausland. Für die Betroffenen eine Horrorvorstellung.

Über den Autor

Peter-Magnus Schoas war beinahe sein halbes Leben in der Automobilbranche beschäftigt, bis er die Entscheidung traf, frühzeitig auszusteigen und in das Privatleben zu wechseln. Er fand, das Leben sei zu kurz, um über ein »Vielleicht« nachzudenken. Das neue Lebensgefühl, endlich frei zu sein, erfüllte ihn mit Enthusiasmus und Energie und dem Wunsch, seinen neuen Lebensabschnitt nach seinem Gusto zu gestalten. Dazu gehörte zunächst der Umzug in die Nähe des Bodensees. Neben den gemeinsamen Reisen mit seiner Frau frönt er nun vor allem seiner großen Leidenschaft: Romane schreiben. Inmitten der Bodensee-Idylle entstanden bereits »Das grüne Kostüm« und »Das Dekret«.

Kontakt

Twielfeld 3 e+f
D-78247 Hilzingen
+49 7731 38 28 900
peter-magnus.schoas@t-online.de

I
Kurfürstendamm

Dämmerlicht im Gästezimmer löst bei Theresa Kanter leichte Lustlosigkeit aus, partout möchte sie sogleich das Bett verlassen. So früh am Morgen schwächelt das Licht, das durch einige Spalten der herabgelassenen Rollläden als schroffe Lichtstreifen auf die wellende Gardine fällt. Seitlich am Fenster steht ein dunkler Klotz von Schrank, der bis in die Ecke des Zimmers reicht. Sie blinzelt in das diffuse Grau hinein und reibt sich die Augen, als wollte sie damit das Dunkel vertreiben. Die Nacht war kurz gewesen, es mag am Geräuschpegel von der Straße gelegen haben, der sie störte und der zunehmend stärker auch jetzt ins Zimmer drängt.

Gegen Morgen erst fand Theresa vollkommen überdreht in den Schlaf und empfindet nun, seit wenigen Minuten wach, alle denkbaren Defizite, besonders bleierne Müdigkeit in den Knochen. Ihrem Gefühl nach ist es noch mitten in der Nacht. Wie sie es von ihrem Haus in

Friedrichshagen gewohnt ist, hatte sie nachts das Fenster aufgestellt gelassen und bekam postwendend die Quittung, permanent vagabundierende Geräusche ins Zimmer. Entnervt hatte sie irgendwann das Kissen über den Kopf gezogen, um schließlich, es graute bereits der Morgen, doch noch das Fenster zu schließen.

Den Aufenthalt bei den Kindern empfindet sie nicht nur heute als unbehaglich, auch bei früheren Besuchen lag ihr dieses Gefühl von Missbehagen quer im Magen, und die Ursache, weshalb das so ist, kennt sie nur zu gut. Doch sicher verstärkt auch der Traum, der sich heute Nacht wieder in ihr Inneres eingeschlichen hat, dieses unwohl Gefühl. Abwartend starrt sie in das Einheitsgrau der Decke und versucht damit, die letzten Schatten des Traumes aus dem Gedächtnis zu verdrängen. Es will ihr nicht gelingen, ihre Jugend kriecht in schemenhaften Zügen erneut in die Erinnerung, verhängnisvolle Bilder aus ihren Jugendtagen schwirren ihr im Kopf herum. Sie zeigen ein junges Mädchen im geblümten Kleid, mit Rüschchen am Kragen, und roten Schuhen. An den langen Zöpfen erkennt sie das Muster, das nur ihre Mutter knüpfen konnte. Damals war sie einfach glücklich gewesen, sie hatte kokettiert, war mit ihren Schuhen wie eine Ballerina durch das elterliche Haus getanzt. Doch der Tanz endete jedes Mal an der Treppe, an deren Ende sich ein schwarzes Loch auftat, in das sie hinabstürzte. Die wachen Augen einer Schulfreundin begleiteten sie dabei, beklemmend und unheilvoll, sie tauchten mit ihr in die Finsternis hinab.

Berührt von der Erinnerung schließt Theresa die Augen, als könnte sie damit den unangenehm starrenden Augen der Freundin aus dem Traum entgehen. Ein wenig beruhigt sie die Erkenntnis, dass die Freundin aus den Kindertagen längst tot ist.

Unwillig über den aufwallenden Krach von der Straße schlägt sie die Steppdecke zur Seite, stellt die Füße auf das kalte Parkett und tastet nach dem Rollladengurt am Fenster. Sie zieht daran und sogleich strömt die Kühle des Februarmorgens am aufgestellten Fenster vorbei, bläht die Gardine wie die Segel eines Bootes, sobald es eine Böe erfasst. Sie zieht sie zur Seite, streckt befreiend die Hände zur Decke und beobachtet dabei den heraufkommenden Morgen an der gegenüberliegenden Häuserflucht.

Die Sonne müht sich zwischen den Dächern hervor, setzt den Morgen in ein betörendes Licht und wirft blinzelnd ein Orangerot auf die von Taubendreck befleckten Kamine und tristen Dachziegel. Das Licht weckt ihre Sinne auf besondere Weise, lässt die Reste ihres Traums verblassen. Für Theresa ist es ein kleiner Wink, wenigstens einen sonnigen Tag für sich zu haben, der, wenn sie so darüber nachdenkt, auch innerhalb der Familie ein solcher sein sollte. Gerade darüber hegt sie jedoch berechtigte Zweifel, denn die Spannungen des gestrigen Abends sind ihr noch gegenwärtig. Ernüchternd denkt sie über die garstige Diskussion nach, die ihr jetzt unter die morgendlichen Gedanken kriecht und ihr die Stimmung verdirbt.

Ein Luftzug vom Fenster zaust das Haar und die Kälte fächelt den feinen Nebel aus dem Atem an die Scheibe. Sie lächelt darüber, malt ein kleines Herz in die beschlagene Fläche und wischt sogleich mit der Hand darüber, denn ein Herz kann sie gegenwärtig an niemanden verschenken. Theresa ist jetzt siebenundsechzig und schiebt die Müdigkeit in den Knochen dem Alter zu. Selbst das kurze Ziehen am Gurt ist ihr schwer gefallen. Tief saugt sie den kalten Hauch der Metropole auf, der ein wenig das Odeur der Stadt trägt, von den Abgasen tausender Kamine, vom Stickstoff und Schwefelgehalt unzähliger Auspuffrohre und dem teerhaltigen Asphalt der Straße. Ein bisschen ist auch Sehnsucht an ihr Zuhause dabei, an die Müggelspree, die nur wenige Kilometer und eine unruhige Nacht entfernt das Tal entlang mäandert.

Es bedarf nur dieses einen Moments, um mit den Gedanken dort zu sein, im Gestade der Erinnerungen an ihren geliebten Mann Albert. Sein Fortgehen hatte sie beinahe an die Grenzen der psychischen Belastbarkeit gebracht. Die vertrauten Gesichtszüge tauchen vor ihr auf, die, wenn er lachte, einen untrüglichen Anteil an Zärtlichkeit enthielten. Sie strahlte nicht nur aus seiner Iris, sondern setzte sich in den sternförmigen Falten der Augenwinkel fort. Seine ohnehin schlanke Statur, die im letzten Jahr vor seinem Tod eine dramatische Wandlung erfuhr, den Körper von innen in den Zustand der Vergänglichkeit verwandelte, vermochte sie nur in Gedanken zu berühren. So hat sie ihn nicht verloren, und sie weiß nicht, auf welche Weise sie der Augenblick der Erinnerung in Schach hält, wie die Stunden, Tage, die längst enteilt, sich ihr entzogen. Im Laufe der Zeit ist der Atem bei den Gedanken daran gleichmäßiger geworden, wenn sie in die Erinnerung abschweift, und sie belasten sie nicht mehr, da all diese abstoßenden Eindrücke aus der Vergangenheit immer mehr verblassen. Die Bilder, die schönen wie die unheilvollen, auch die Art, während die Krankheit voranschritt, mit dieser Maske von Hilflosigkeit, die an ihm zerrte wie stetiger Wind am ausgedörrten Hain.

Der Lärm der Straße, der im Takt der Verkehrsampel pulsiert, dringt in den heraufziehenden Tag. Keine fünfzig Meter weiter am Ende der Allee zum Adenauerplatz steht eine Ampel. Der Rot-gelb-grün Wechsel leuchtet zwischen dem blattlosen Astwerk der Alleebäume herüber und trägt die Botschaft einer politischen Koalition in sich. Sie nimmt es als gutes Omen, während ein Fahrzeug nach dem anderen über den Kurfürstendamm dröhnt, mit kreuz und quer dahineilenden Erdenbürgern und martialisch anmutenden Verkehrsmitteln. Jetzt bekommt sie ein Gefühl davon, was sie an ihrem Zuhause als Stille kennt. Sie seufzt leise: »*Ja, och dette is Berlin*« und muss sich selbst eingestehen, ein Teil dieser lebhaften Stadt zu sein. Sie liebt sie, wenn auch mit gemächlicher Gangart, entsprechend ihrem Alter. Zugleich kommt es ihr in den Sinn, dass bei gelegentlichem Bummel am Alexanderplatz das Empfinden zum Lärm ein ganz anderes ist. Gerade dort, wo Tag und Nacht der Verkehr erbarmungslos seinen Atem in die Stadt pulsiert.

Sie schüttelt über den Lärm nachdrücklich den Kopf und kommt in Gedanken zur Entscheidung ihres Sohnes, ausgerechnet diese Ecke Berlins für sein Heim ausgewählt zu haben. Sicher wird ein Grund die Nähe zur Schule für die beiden Kinder gewesen sein, aber Theresa hätte niemals die Umgebung des Kurfürstendamms gewählt. Der Gedanke an die Ruhe und Abgeschiedenheit in ihrem Haus in Friedrichshagen, mit Blick in den angrenzenden Stadtwald, beruhigt sie ungemein. Die U-Bahn-Station erreicht sie in weniger als zehn Minuten, und es ist für sie relativ bequem, am Alexanderplatz umzusteigen. Das Auto hat sie nach dem Tod von Albert verkauft, da es in der Stadt bequemere

Verkehrsanbindungen gibt, die sie vollauf zufrieden stellen. Albert hatte das Auto meistens für sich beansprucht und war, solange sie zusammenlebten, der Stadtmensch.

Manchmal, wenn sie morgens die alte Kaffeemühle zwischen die Beine klemmt und auf banale mittelalterliche Art die Kurbel dreht und das Kaffeepulver aus der kleinen Holzlade duftet, dann schweifen ihre Gedanken weit zurück bis zu jenem Nachmittag, an dem sie und Albert das Haus in Friedrichshagen das erstes Mal erblickten. Der erste Eindruck, sagten sie sich, sei das Wichtigste. Sie erinnert sich als wäre es heute an diesen Tag, an dem Albert nach der Arbeit mit dem Motorrad ankam, einer Horex, mit der er auch zur Arbeit in die Fabrik fuhr. Mit ihr holte er sie an diesem Tag zur Besichtigung ab. Albert lehnte seine Maschine an die Straßenlaterne, der Fußraster war in den vergangenen Tagen abgebrochen, und kam mit langsamen Schritten auf Theresa zu.

Den Helm unter den Arm geklemmt ruhte sein Blick auf dem Haus. Beide standen sie mit der vorweggenommenen Freude vor dem zukünftigen Zuhause da, sein Arm ruhte auf den Schultern seiner Frau, jeder war auf seine Weise in Gedanken versunken. Sie, mit dem Kind unter dem Herzen, sah den sonnigen Garten, den Schatten unter den Obstbäumen, wo ihr Kind einmal spielen sollte. Er mit dem skeptischen

Blick des Handwerkers und der Aussicht auf viele Stunden Arbeit, die zweifelsohne auf sie zukommen würden. Doch beide verliebten sich auf unausgesprochene Weise in die einzigartige Lage und die großartige Aussicht hinunter zur Spree. Theresa bewunderte außerdem die Schönheit der Natur ringsum, die unverbaute Wiese, den würzigen Geruch der Holunderbüsche am Waldsaum, die hoch stehenden Gräser und den Flaum vom blühenden Mädesüß. Gänzlich übersah sie die renovierungsbedürftige Fassade, die verwilderten Obstbäume im Garten, die dringend einen Schnitt benötigten, sowie den verwitterten hölzernen Gartenzaun. Es ist das letzte Haus in der Straße, knapp am Rande des Stadtwalds. Die Minuten, in denen sich Haus und Grundstück ins Gedächtnis einprägten, erleichterten ihnen die Entscheidung zum Kauf.

Heute, nach vielen Jahren und fast ebenso vielen familiären Veränderungen, ist Sohn Alex seinen Vater in so vielen Dingen ähnlich geworden. Sein aufbrausender Charakter, sicherlich ein beträchtliches Stück von den Genen des Vaters. Sie legt den Schlafanzug über den Stuhl, zieht Leggins über und wählt einen leichten Pullover mit Rollkragen. Innerlich bereitet sie sich vor für die Dinge, die hinter der Tür auf sie warten, sie zupft einen Faden vom Ärmel, atmet tief aus und verharrt mit der Hand auf der Türklinke. Bei dem Gedanken an ihren Sohn ist ihr sofort wieder eingefallen, wie er sie vor zwei Tagen anrief und bat, am Wochenende zu ihnen zu kommen, um über eine Neuigkeit zu reden, die sie betreffe. Seine Stimme klang dabei geheimnisvoll, als nähre er eine gewisse Erwartung, sodass sie, auch wegen der sonst so seltenen Kontakte zur Familie, eine Zusage machte.

Martha, die Schwiegertochter deckt den Tisch im Esszimmer, als Theresa aus dem Gästezimmer kommt. Sie ist alleine und ganz in die Vorbereitung versunken. Der Morgenmantel, der ihre schlanke Figur unterstreicht, und die plüschigen violetten Hausschuhe an den Füßen lassen sie älter wirken. Die dunklen Haare im Gesicht vermitteln einen etwas ungepflegten Eindruck. Für einen kurzen Moment stutzt Theresa, erinnert sich jedoch sofort daran, dass es ja Wochenende ist und die Enkel am Samstag schulfrei haben. Meist sind sie bis Mittag im Zimmer und mit den neuartigen Smartphons beschäftigt. Von dort kommt noch kein Geräusch.

»Guten Morgen, Theresa.«

Die Stimme der Schwiegertochter ist emotionslos und drückt im Wesentlichen die Zurückhaltung gegenüber Theresa aus.

»Setz dich, ich mache dir gleich 'nen Kaffee.«

Sie verteilt Kaffeetassen und Löffel auf dem Tisch, verharrt etwas unschlüssig und überlegt.

»Wenn ich es recht im Kopf habe, trinkst du ihn mit Milch aber ohne Zucker«, meint sie mit einem fragenden Seitenblick.

»Ebenso einen schönen Morgen, Martha«, sagt Theresa und nickt zu Martas Erinnerungsvermögen. »Den Kaffee möchte ich genau so«, antwortet sie bestimmend. »Was für ein wundervoller Tag«, fügt sie hinzu und meint damit die Sonne, die durch das Fenster auf den Küchenboden ein verschobenes Viereck wirft.

Anscheinend ist die Schwiegertochter nicht besonders an einem Gespräch interessiert, hantiert stattdessen geräuschvoll am Kaffeeautomaten, der piepsend und mit Gerassel seine Arbeit aufnimmt. Zumindest einen Vorteil haben die Maschinen ja, urteilt Theresa gedanklich, sie sind verdammt schnell – und bekommt auch schon den fertigen Kaffee hingestellt.

Aber der handgebrühte bei sich zu Hause ist ihr doch angenehmer, weil sie dabei den Geruch der gemahlenen Kaffeebohnen und die Zeremonie der Zubereitung so mag. Außerdem hat sie ja ausreichend Zeit dazu und führt die Art der Zubereitung auch nach dem Tod ihres Mannes fort.

»Alex schläft heute wohl länger?«, fragt sie vorsichtig in die Stille hinein, nachdem sie einen ersten Schluck aus der Tasse genommen hat.

»Damit liegst du vollkommen richtig«, antwortet Martha mit einem nichts sagenden Seitenblick. »Wenigstens das Wochenende gehört uns gemeinsam, und ich habe an den beiden Tagen den Morgen ganz für mich. Da kann ich einmal die Woche so richtig meiner Leidenschaft, dem Nichtstun, frönen und den Tag verbummeln.«

Vermutlich entschuldigt sie auf diese Weise ihre legere Bekleidung. Theresa nimmt die Antwort mit Skepsis auf. Sie vermutet, dass das geheimnisvolle Getue vom Vorabend wohl am Kaffeetisch besprochen wurde. Gestern, als sie kurz vor dem Abendbrot ankam, rückten beide damit nicht heraus. Es war ihnen wohl wichtiger gewesen, von den Vorzügen altersgerechter Wohnungen zu reden. Ein Stapel Glanzprospekte einer Wohnanlage lag auf dem Tisch, ausgerechnet in Spandau, eine Gegend, die einerseits nicht ihren Geschmack trifft, andererseits findet sie es unverschämt, dass ihr Besuch für das Thema ausgenützt wird.

In diesen Moment wird sie von dem Gedanken abgelenkt, da eine Tür hinter ihr schließt. Alex kommt aus dem Badezimmer und betritt mit schlurfenden Schritten die Küche. Ein freches T-Shirt mit dem Aufdruck »*Ik bin en Berliner*« bedeckt die stattliche Wölbung seiner Mitte. Die häufigen Geschäftsessen lassen den Ring um die Hüfte stetig anwachsen. Seine Haare sind glatt nach hinten gekämmt, der Geruch eines aufdringlichen Rasierwassers erfüllt den Raum.

»Na, ihr zwei Frühaufsteher«, begrüßt er die Frauen. Er fasst Martha an der Taille und drückt ihr einen Kuss an die Wange.

»Guten Morgen, Mutter. Ich hoffe, du hattest eine angenehme Nacht?«

Die Antwort birgt ein gerüttelt Maß Unmut in der Stimme der Angesprochenen.

»Guten Morgen erst mal. Angenehm ist gut«, antwortet sie mit leichter Ironie. »Du weißt ja, ich kann bei dem Lärm nicht gut schlafen. Ich habe das Gefühl, es wird von Mal zu Mal lauter in der Straße. Schrecklich, ich könnte mich nie daran gewöhnen.«

Sofort wird ihr bewusst, dass diese Bemerkung dem lange schwelenden Konflikt zwischen ihr und Alex erneut nährt. Die Quittung bekommt sie postwendend.

»Ja, du hast recht«, kommt bissig die Antwort. »Wir hätten es gerne auch etwas ruhiger, können uns aber eine verkehrsberuhigte Lage nicht leisten. Du kennst ja die Wohnsituation und die Preise in Berlin. Ich möchte nicht wieder mit dem Thema beginnen, aber du bist ja nicht bereit, aus dem Häuschen in eine Wohnung zu ziehen.«

Seine Worte verströmen jenen hässlichen Unterton, den Theresa in letzter Zeit bei passender Situation zum Thema Haus zu schlucken hat. Sein Seitenblick zu Martha spricht Bände. Theresa schweigt zur dräuenden Kontroverse und ignoriert wie so oft die Anspielung. Wenigstens an diesem Morgen will sie den Disput nicht weiter anheizen. So setzt sich Alex, nun etwas friedfertiger, an den Tisch.

»Ja, an den Wochenenden beginnt die Stadt erstaunlich früh zu leben.«

Es klingt wie ein Tatbestand, den es ohnehin nicht zu ändern gibt. Erneut rasselt die Kaffeemaschine und Martha stellt Kaffee und Zucker für Alex auf den Tisch. Dann ist für einen Moment angespannte Ruhe, nur das helle Klingen der Löffel in den Kaffeetassen übertönt den wellenden Verkehrslärm. Theresa wird das Gefühl nicht los, dass der schwelende Konflikt noch in der Luft liegt, will aber ihrerseits partout nicht den schönen Morgen mit dem Thema Haus zerstören. Sie schweigt, weil sie erneut befürchtet, dass es, wie bei den letzten Treffen, in ein hässliches Streitgespräch ausartet. Alex räuspert sich, als hätte er einen Kloß im Hals, und sieht dabei seine Frau an.

»Mutti, wir machen Urlaub«, platzt es dann aus ihm heraus.

Ohne dass sie es möchte, klingeln Alarmglocken in Theresas Gedanken. Zu selten nimmt Alex das Kosewort »Mutti« in den Mund, als dass seine spontane Ankündigung die Angesprochene nicht aufhorchen ließe. Das »Wir« hat wohl auch seine Bedeutung, deshalb antwortet sie mit unterdrücktem Desinteresse.

»Schön für euch, ihr macht öfters Urlaub, soll ich in eurer Abwesenheit die Blumen in der Wohnung gießen? Aber das kann ja wohl nicht der Grund sein, dass ihr mich herbestellt habt!« Ein leicht vorwurfsvoller Ton begleitet ihre Stimme.

»Nein, Mutter, ich meine nicht nur uns, sondern wir alle fünf zusammen.«

Für Theresa kommt die Antwort eine Spur zu schnell, und die Überraschung darüber klammert sich wie eine Zwangsjacke um die Brust, sodass es ihr die Sprache verschlägt. Sie schluckt die innere Erstarrung herunter und fängt sich sofort in den Gedanken, dass es nicht ihre Schuld traf, dass die letzten Urlaube getrennt verbracht wurden. Oft haben die Kinder ihre Ferien in Waging am See verbracht, aber sie mit allen möglichen Ausflüchten ausgeladen. Jetzt, wo sie sich allmählich darauf eingestellt hat und ihre Reisen alleine unternimmt, soll es auf einmal ohne sie nicht gehen?

Vorwurfsvoll und doch unsicher, wie sie der neuen Situation begegnen soll, sieht sie zuerst Alex an und dann in die teilnahmslosen Augen der Schwiegertochter. Verlegen führt Theresas die Tasse an den Mund und trinkt zitternd einen Schluck daraus.

»Was habt ihr geplant, und wohin soll die Reise gehen?«, gibt sie reserviert die Frage zurück.

»Thailand, Theresa«, antwortet Martha überraschend. »Diesmal fliegen wir nach Thailand. Die Kinder sind darüber ganz aus dem Häuschen.«

Theresa blickt erstaunt in die Augen ihrer Schwiegertochter, die Alex die Antwort vorwegnahm. Sie kann es sich denken, dass die Kinder sich freuen, denn so ein Land besucht man nicht alle Tage. Misstrauen, das sich wie ein Schakal in die Überlegungen einschleicht, hat sie keinesfalls gegenüber dem Land, es betrifft mehr die überfallartige Ankündigung und die Ungewissheit, was man ihr verschweigt!

Ängste vor derart langen Flügen drängen sich auf, eine Thromboseattacke während des Flugs nach Ägypten ist ihr noch gut in Erinnerung. Und überhaupt, warum ausgerechnet Thailand? Wenn sie Flüge mit den Freundinnen unternimmt, dann kommt allerhöchstens Paris oder, wie unlängst, der Flug nach London in Betracht. Sie hat gewaltigen Horror davor, zu lange in schmale Sitze eingeengt, erneut eine der schmerzhaften Thrombosen zu bekommen. Bedenken darüber kann sie nicht verbergen, zu deutlich stehen die Anzeichen in ihrem Gesicht, als hätte sie jemand mit Wechselgeld betrogen. Der Sohn begreift die Absicht der Mutter, sein Vorhaben zu unterlaufen, und lenkt das Gespräch geschickt auf die Airline.

»Sieh mal, Mutter, ich kenne deine Ängste, aber darüber musst du dir keinerlei Sorgen machen. Ich habe bei der Airline angefragt und sie sicherten zu, dass bei Kontinentalflügen der Thai Airways alles bestens organisiert ist, inklusiv besonders bequemer Sitze, die bei langen Flügen erhebliche Vorteile bringen. Auch die Auskunft über Thrombosegefahren hat mich beruhigt, dort kennt man das Problem, und sie stellen spezielle Stützstrümpfe zur Verfügung. Für den Notfall sind medizinisch ausgebildete Stewards an Bord.« Seine Worte beschwören förmlich die Mutter, auch die, um welch schönes Land es sich bei Thailand handelt, das er von verschiedenen Geschäftsreisen kennt. Er vergisst nicht zu erwähnen, dass zur geplanten Reisezeit zudem das verträglichste Klima für Europäer herrscht. An dieser Stelle spielt der Sohn seine größte Trumpfkarte aus und stößt den Stachel tief in den Zwiespalt der Mutter.

Er zapft damit die Goldader an, die ihres Stolzes zum beruflichen Status des Sohnes, und weiß, wie so oft, dass er damit die Zustimmung erreichen wird. Vergessen sind die Sorgen vor dem Abitur und die vielen Überredungskünste des Vaters, dass die hoffnungslos scheinende Hürde dann doch überwunden wurde und dafür ein Bummeljahr in Frankreich winkte. Nach dem verspäteten Studiengang im Stahlbau gelang ihm der Einstieg in eine Firma für Aluminiumfertigung.

Nun fügt er fast belanglos hinzu, dass seine Firma ihn erneut nach Thailand beordert hat und die Familie wegen der Länge seiner Abwesenheit mitreisen kann. Der glückliche Umstand, dass die Reise in den Ferien der Kinder liegt, hebelt die Bedenken der Mutter gänzlich aus und drängt das Problem ihrer körperlichen Schwächen in den Hintergrund. Der Gedanke, dass sie im vergangenen Jahr ihr Englisch aufgefrischt hat, stimmt sie insgeheim froh, löscht jedoch nicht ihre letzten Zweifel. In zwei Monaten soll es so weit sein. Ihren letzten Einwand, die Pflanzen im großen Garten könnten vertrocknen, zerstreut der Sohn mit der Bemerkung, dass mit dem launischen Aprilwetter genug Nässe zu erwarten ist.

»Du siehst, Mutter, es ist für alles gesorgt.«

»Gut, ihr beiden Quälgeister, ich bin nicht abgeneigt, lass es mir aber noch durch den Kopf gehen.«

Auch das letzte Schlupfloch der wankelmütigen Mutter schließt Alex mit dem Einwand, der Urlaub sei schließlich ein vorweggenommenes Geburtstagsgeschenk, und gibt ihr damit den Gnadenstoß. Erleichtert sehen die beiden sich an, als Theresa zustimmend nickt.

Während der Rückfahrt am Nachmittag, sitzt Theresa im Abteil der U-Bahn und sieht interessiert zwei jungen Fahrgästen zu, die am Cottbusser Tor mit reichlich Gepäck in das Abteil drängen. Das Mädchen, sie mag kaum zwanzig sein, hält krampfhaft die Riemen einer übergroßen Tasche über der Schulter, der Begleiter bemüht sich einen grell glänzend lackierten Koffer mit Aufklebern der Pyramiden von Gizeh über den Einstieg zu bugsieren. Schwer atmend, aber mit Erleichterung in den Gesichtern, lassen sie sich auf die Bank gegenüber fallen. Theresa kann es sich nicht verkneifen, die beiden anzusprechen.

»Na, ihr zweh«, fragt sie im Berliner Dialekt, nachdem sie die beiden eine Weile beobachtet hat, »habt wohl ne lanje Reise vor, wa?«

Unwillkürlich fällt ihr die Ankündigung der Kinder von heute Morgen ein und sie stellt sich lebhaft vor, was die beiden Enkel wohl alles für die Reise mitschleppen werden.

»Nee, Omachen, sind bloß ene Woche in Mallorca«, ist die knappe Antwort.

Theresa nickt, lacht still in sich hinein und kann sich die Modenschau der Musterreisenden am Abend an der Piazza quicklebendig vorstellen. Am Hauptbahnhof sieht sie den beiden hinterher, wie sie das Gepäck hinter sich herziehen und zum Bahnsteig nach Schönefeld hasten.

Zum Abendbrot sitzt Theresa gemütlich zu Hause am Esstisch und ist zufrieden, dass ihre

Lieblingssendung, der »Tatort«, im Programm ist. Nachdem der Tisch abgeräumt ist, möchte sie unbedingt noch Bettina, die Freundin, anrufen und ein Treffen für morgen organisieren.

»Bettina Babel, guten Abend«, meldet sich die zarte Stimme ihrer Freundin.

»Hallo, Bettina, ich bin es, Theresa, störe ich etwa gerade?« Als hätten sie sich erst gestern gesehen, ist der Umgangston freundlich.

»Ich wollte nur kurz durchläuten und nicht lange mit dir quatschen, es kommt ja gleich der Tatort. Es gibt bei mir Neuigkeiten. Können wir uns morgen im Kläuschen treffen?«

»Ja, kann ick, so jejen drehe, passt det? Ick klingle noch zu Ellen durch, vielleicht hat se och Zeit. Also tschüssi, und viel Spaß mit de Kommissare.«

II
Das Trio im Kläuschen

Theresa, wie so oft die Pünktliche bei solchen Plauderstündchen, bestellt schon mal eine große Latte macchiato, wählt dazu eine Schnitte vom Obstkuchen. Sie bekommt gerade ihre Bestellung an den Tisch und sieht Bettina und Ellen von der Garderobe auf sich zukommen. Das Café »*Kläuschen*« ist seit Jahren das Stammcafé des Berliner Trios und wird bei jeder Gelegenheit als solches beansprucht.

»Ich dachte es mir bereits, dass du unser gemütliches Kaffeestündchen vermisst«, begrüßt Ellen überschwänglich ihre Freundin. »Wie immer sind wir die Letzten. Du hast schon bestellt?«

Sie sieht mit Argwohn auf den Obstkuchen fasst dabei an den Rettungsring an der Hüfte, der sie bei der zunehmend enger getragenen Mode ärgert, und schneidet eine mitleidsvolle Grimasse. Theresa nimmt beide in die Arme und küsst sie an die Wangen. Die Freundinnen machen es sich bequem, und sogleich beginnt ein angeregtes Gespräch. Ellen erzählt überschwänglich vom Kinobesuch am Vortag mit dem Enkel.

»Marvin ist verrückt nach Ice Age. Aber ich kann euch sagen, so gelacht habe ich selten über so viel Komik. Ich hoffe, du hast ebenfalls etwas Lustiges zu berichten, Theresa?«

Die Angesprochene schaut listig zwischen den beiden hin und her, als hätte sie einen Koffer voll Botschaften auszubreiten, und platzt dann doch fast belanglos mit der Neuigkeit heraus.

»Im Grunde ist es ganz einfach, ich bekomme eine Reise mit den Kindern nach Thailand geschenkt. Ja, da guckt ihr, in beinahe sechs Wochen ist es so weit. Ich weiß noch immer nicht, welchem Umstand ich dies zu verdanken habe, aber die Kinder möchten mich unbedingt dabeihaben.«

Ellen, die Berliner Schnauze schlechthin, formt wie gewöhnlich, wenn sie eine Nachricht überrascht, und strahlt dann über die Ankündigung ihrer Freundin.

»Ach, du meine Jüte, Thailand! So weit weg. Aber du kennst ja meine Devise«, antwortet sie loyal, zieht dabei die Schultern nach oben und schaut vorwitzig über den Rand der Brille auf Theresa. »Alles mitnehmen, was das Leben dir bietet, aber sei vorsichtig, wer weiß schon Genaues, vielleicht ist dies eine gut versteckte List, um die böse Schwiegermutter loszuwerden.«

Alle drei lachen über die abwegige in die Runde geworfene Andeutung. Genüsslich machen die drei sich über den Kuchen her. Theresas Gedanken schweifen dann doch zu den Kindern ab, wie Theresa sie gelegentlich nennt, die überhaupt zu wenig wissen, wie sie nach dem Tod von Albert ihre Zeit in Friedrichshagen verbringt und mit allem zurechtkommt.

III
Die Partnersuche

Nach Alberts Tod begann ein Jahr der Trauer
und Einsamkeit. In dieser Zeit hätte sie manchmal mehr Zusammenhalt und Unterstützung
von der Familie erwartet. Gerade die kam spär-
lich, fast als würden sie sie aus dem Familienver-
band ausschließen wollen. Alex baute eine Mauer aus Schweigen auf und versteckte seine Trauer über den Verlust des Vaters vermehrt in seinem beruflichen Alltag. Mit der Schwiegertochter hatte sie ohnehin nur gelegentlich Kontakt.
Dazu kamen die technischen Dinge, die früher
ihr Mann erledigte, die empfand sie am Anfang
beinahe als unüberwindbar, stellte sich aber nach
und nach darauf ein. Ein Platten am Fahrradrei-
fen war da noch das kleinste Übel, das ein Anruf
bei der Werkstatt erledigte. Auch der Rasenmä-
her zu starteten, kostet sie nach zunächst
schweißtreibende Züge, bis sie bemerkte, dass
die Benzinzufuhr aufgedreht werden musste.

Als im Spätherbst der erste Nachtfrost kam und die Umstellung der Heizung auf Winterbetrieb anstand, packte sie der Ehrgeiz, es selbst hinzukriegen. Es gelang ihr nach intensiver Suche in der Betriebsanleitung, die richtigen Hähne aufzudrehen und die Umwälzpumpe zu starten. Ihre Selbstsicherheit stieg gewaltig, als diese den Betrieb aufnahm und sie auch noch Heizöl zu einem Vorzugspreis ordern konnte. Geistig blieb Theresa sehr rege, sie besucht seit Monaten einen Computerkurs, fährt einmal die Woche zum Yoga in die Stadt, interessiert sich für Kunstausstellungen und begleitet ihre Freundinnen zum Tanz oder ins Theater. Auch die Englischkenntnisse intensivierte sie vor der Reise nach London, und sie fühlt, dass der Spaß am Leben nach Jahren des Alleinseins langsam in ihr Bewusstsein zurückkehrt. Als sie Ellen per Zufall in der Stadt traf und die ihr einen neuen Begleiter vorstellte, rückte auch bei Theresa gedanklich ein Partner ins Bewusstsein, und sei es nur jemand, der sie ins Kino begleitet. Diese Chance auf Veränderung sollte alsbald in ihr Leben herein treten.

Im Englischkurs saß ihr ein Mann gegenüber, der sie öfter mit neugierigen Blicken beobachtete. Sie ignorierte die Aufmerksamkeit, ertappte sich aber dabei, das Erscheinungsbild mit dem ihres verstorbenen Mannes zu vergleichen. Sein Name war Lucas, und dieser fiel während der Unterrichtsstunde öfter. Der Eindruck täuschte sie nicht, als am letzten Kurstag vor den Weihnachtsferien alle Selbstgebackenes mitbrachten, nur Lucas ohne kam. Theresa hatte die Tage davor wie jedes Jahr Vanillekipferl gebacken, das tat sie schon der Enkel wegen, die sie am Ende der Kursstunde anbot.

Lucas nahm von ihrem Gebäck und sie bekam ein erstes Kompliment. Es störte sie etwas, wie er die Situation ausnützte und sie in ein Gespräch verwickelte. Er wäre allein stehend und das Backen sei nicht so seine Sache. Im Nachhinein ärgerte Theresa es, dass sie bei der Vorstellungsrunde angegeben hatte, verwitwet zu sein und in Friedrichshagen ein Eigenheim zu bewohnen. Wie bei anderen Begegnungen mit Männern löste auch diesmal die Nähe noch Unbehagen bei ihr aus. Als sie sich direkt gegenüberstanden, fiel ihr das Ungepflegte an Lucas auf. Er war größer als sie, langes gewelltes Haar rollte sich am Nacken, das er wohl nicht allzu gerne wusch und das auch den Friseur notwendig hatte. Vor allem störte sie die ausgebeulte Hose, die wie ein Sack an ihm hing. Alles Dinge, auf die ihr verstorbener Mann peinlich geachtet hatte.

Lucas lud sie für das Wochenende zum Kinobesuch ein. Geschmeichelt von seiner Einladung sagte sie spontan zu, auch weil sie sich eine Chance geben wollte, ihn kennenzulernen, und neugierig darauf war, wie er sich präsentieren würde. Er schlug das Babylon Kino in Kreuzberg vor, da sie nicht zu Hause abholt werden wollte. An dem Abend traf sie ein wenig zu früh am Kino ein, beobachtete oberhalb der Stufen die ankommenden Besucher. Die abgemachte Zeit war längst überschritten und wer nicht erschien, war Lucas. Sie gab ihm noch einige Minuten, suchte zur Sicherheit noch mal das Foyer ab, entdeckte ihn nicht und ging, verärgert darüber, versetzt worden zu sein, zur S-Bahn zurück. Eine Unzuverlässigkeit hätte sie am allerwenigsten erwartet.

Die Haltestelle Müggelseedamm verpasste sie dann beinahe, weil das fehlgeschlagene Treffen noch im Kopf herumspukte und kein Reim darauf passte, was schiefgegangen war. Es beruhigte sie der Gedanke, dass es sich klären würde, sobald der Kurs im Januar fortgesetzt wird.

Zu Hause angekommen beschäftigte sie sich mit den anstehenden Feiertagen. Eine vage Einladung für den ersten Weihnachtstag hatte sie von den Kindern, jedoch fehlte die Bestätigung. Sie machte Tee, räkelte sich auf dem Sofa unter die Decke, blätterte im Berliner Kurier und freute sich auf einen gemütlichen Abend.

Weshalb sie gerade heute an der Anzeigensei-te der Bekanntschaften hängen blieb, mag an der Aufmachung der Zeitung gelegen haben, die pfiffig gestaltet ihre Annoncen präsentierte. Mehr oder weniger einfallslose Standardtexte überflog sie, wie: *»Ich, fünfunddreißig, suche dich …«,* während in ihrem Kopf die Vorstellung wuchs, selbst mit einer Annonce eine Suche zu starten. Der Gedanke, unter vielen Angeboten wählen zu können, löste ein kleines Stück Zu-rückhaltung den Männern gegenüber. Sie über-legte kurz und sagte laut zu sich:

»Ach, ich glaube, das probiere ich auch mal!«

Bewaffnet mit Briefpapier und Kuli kam sie aus dem Schreibzimmer zurück und schrieb an eine erste Chiffre-Adresse der Zeitung. Ihr Text war kurz, enthielt das Wichtigste, und am Schluss fügte sie im Vermerk hinzu, dass sie Zu-schriften mit Fotos beantworte. Den Brief gab sie auf dem Weg in die Stadt auf. Überlegungen, dass sie damit einen Weg beschritt, der vor den Freundinnen keinerlei Bestand haben und vor allem die Einstellung des Sohnes ankratzen würde, schob sie von sich. Schließlich war sie für sich allein verantwortlich, denn es war im-merhin ihr eigenes Leben.

Die zwei Wochen bis Dreikönig vergingen ohne Besonderheit, weshalb sie mit dem längst fälligen Hausputz in den leer stehenden Zim-mern gut vorankam. Dann lag überraschend ein großer Umschlag im Briefkasten, den sie bereits an der Haustür öffnete. Neun Briefe waren darin, sie begann noch im Flur mit der Durchsicht der Umschläge.

»Oh, wie interessant« meinte sie zu sich selbst, und malte sich schon ein Treffen aus, in dem ein Reiter auf feurigem Ross erschien und sie ins Schloss entführte. Sie lachte über den Gedanken und sichtete die Kuverts, deren Schriftzüge unterschiedlicher nicht sein konnten.

Der Marienkäfer am Rand eines Umschlags galt für sie als Glücksbringer, die Schrift besaß ausdruckstarke Züge in der Gestaltung. Beinahe mit Ehrfurcht vor dem Unbekannten glitt der Öffner an der Perforierung entlang. Schade, kein Bild, so legte sie den Brief zur Seite.

Nummer zwei enthielt ein Foto. Sie sah überrascht auf einen Mann in kariertem Hemd und mit süffisantem Lachen. Die Knöpfe geöffnet, ein vorgestreckter Bierbauch quoll hervor. Schmunzelnd betrachtete sie den Cowboy-Fan, denn sein breitkrempiger Hut füllte das halbe Bild aus. Äußerst verwundert über so viel Offenheit schüttelte sie den Kopf, legte auch den beiliegenden Brief, ohne ihn zu lesen, zur Seite.

Sie nahm Umschlag Nummer drei und riss ihn ungeduldig auf. Die Buchstaben der Worte waren schräg nach rechts gestellt, das Foto zeigte einen Magersüchtigen in Badehose, mit Beinen wie Bohnenstangen, beim Einstieg in einen

Wohnwagen. Das Gesicht war vom Schatten verdeckt, so konnte sie nicht sehen, ob der Mann jünger, älter oder in ihrem Alter war. Zudem schien das Geschriebene einen Legastheniker zu verraten, da sie gleich in den ersten Zeilen drei auffällige Fehler entdeckte:

Mein Name ist Johann und ich schreibe aus Waren am Müritzsee.
Die Aufname ist vom dortigen Kampingplaz und schon ein par Jahre alt,

las Theresa. Dann schrieb er, dass er ganzjährig am Campieren sei, da seine Exfrau nach der Scheidung das Haus übernommen habe. Seine Partnerin sollte demnach für das einfache Leben im Wohnwagen bereit sein. Das war ihr nun doch zu viel, auch dieser Brief kam auf den Stapel der Nicht-Erwählten.

Theresa hielt kurz inne und schenkt Mineralwasser nach, trank einen Schluck, bevor sie den nächsten Brief öffnete. Enttäuscht stellte sie fest, dass ebenfalls das angeforderte Foto fehlte, die beigefügte Nachricht war jedoch im ordentlichen Stil geschrieben. Jestelik Staroslaw, 65, gebürtiger Pole, lebte in der Nähe von Roding im Bayerischen Wald, besuchte derzeit einen Freund in Ahrensfelde. Auf diesem Weg suche er eine deutsche Frau, die gewillt sei, den Hof in Polen kennenzulernen und dort das Zepter für die Hausarbeit zu übernehmen. Er bewältige den Stall mit Kühen und Kälbern ziemlich gut, aber die Hand einer Frau fehle am Hof. Die Abende würden bestimmt nicht langweilig, da er gerne auf der Zither spiele. Am unteren Rand war ein Vermerk, dass der Brief von einem Freund geschrieben sei, da Jestelik die deutsche Schreibweise nicht beherrsche. Theresa wurde es ganz schummrig über die zweifelhafte Suche nach einer Frau – sie sah sich jedoch keineswegs mit der Mistgabel im Stall arbeiten und auch nicht in nach Kuhmist stinkenden Arbeitsstiefeln. Den musizierenden Bauern legt sie auf den bereits angestiegenen Stapel ungeeigneter Bewerber.

Endlich, der nächste Umschlag enthielt wenigstens ein kleines Passfoto, an den oberen Rand des Briefes angeheftet. Ein Mann mit Vollbart und dichtem Haarwuchs starrte aus dunkelblauen Augen hinter dicken Gläsern einer Brille hervor. Die buschigen Augenbrauen erinnerten sie an einen bayrischen Politiker, der aber keine Brille trug. Unwillkürlich musste Theresa an die Entwicklung der Evolution denken und ihre Fantasie gaukelte ihr vor, dass der restliche Körper des Mannes bestimmt ebenso dicht mit Haaren bewachsen sein würde. – Er sei als Computerfachmann häufig auf Reisen und fühle sich an den Wochenenden zu Hause sehr einsam. Sport sei nicht seine Welt, dafür liebe er gutes Essen und koche selbst ausgefallene Gerichte. Es störe ihn keinesfalls, sollte sie vollschlank sein, die sitzende Tätigkeit wäre auch an seiner Figur nicht spurlos vorübergegangen. Theresa war von seiner Offenheit verunsichert, vermutete neben dem behaarten Körper und hinter der Unbeweglichkeit des Mannes noch ein ordentliches Übergewicht, das im Bild nicht sichtbar war. Der Stapel Briefe mit entbehrlichen Anwärtern wuchs erneut. Sie zweifelte langsam daran, ob in den restlichen Schreiben etwas »Brauchbares« dabei war. Noch mit den Gedanken bei der Behaarung des Computerfachmanns öffnete sie den nächsten Brief.

Ein freundlicher Typ mit ergrauten Schläfen und gepflegter Frisur blickte ihr auf dem Foto entgegen. »Endlich ein interessanter Mann,« dachte sie und musterte das ansprechende Antlitz etwas genauer, bevor sie den Brief zu lesen begann.

Liebe Unbekannte, nach langem Zögern habe ich mich entschieden, auf die Annonce zu antworten. Ich lebe getrennt von meiner Frau und stehe kurz vor der Rente. Mein Name ist Klaus Schreiber, ich bin angestellt in einer Textilfirma. In kurzen Worten, was ich gemeinsam mit einer neuen Partnerin verändern möchte: Es reicht, jeden Freitag für Sonntag einzukaufen, Samstag die Kehrwoche einzuhalten und anschließend das obligato-

rische Baden durchzuführen. Es genügt mir nicht,
sonntags tausend Spätzle und Schweinebraten in
literweise Soße zu baden. Möchtest auch du in
deinem Leben etwas verändern? Dann freue ich
mich auf deine Antwort.
Mit Grüßen Ihr Klaus Schreiber

Theresa war beeindruckt von der Ehrlichkeit
und dem Willen des Mannes, der offenbar die
schwäbischen Attribute abzulegen versuchte.
Zumindest ein Bewerber, von dem sie etwas
mehr erfahren wollte.

Im letzten Brief stellte sich ein Mann mitsamt
seinem Motorboot vor. Er stand entblößt in Badehose am Steuerrad und trug eine Kapitäns-
mütze. Ohne etwas über seine Person oder die
Lebensumstände zu äußern, stellte er alle Angaben über das Boot ins Zentrum: Bootslänge, PS-
Stärken der Zwillingsmotoren, Geschwindigkeit
in Knoten, die das Boot schafft. Er lud sie umgehend auf eine Bootstour ins Mittelmeer ein,
ohne sich auch nur im Geringsten zu informie-
ren, ob sie eventuell dabei seekrank werden
könnte. Dem Mann fehlte es an Taktgefühl und
am ansprechenden Persönlichkeitsprofil haperte
es vollkommen.

Mit Besorgnis betrachtete sie den letzten ge-
schlossenen Umschlag, der ihr geblieben war.
Sie tröstete sich in Gedanken damit, dass, solange der Brief ungeöffnet vor ihr lag, es sich ja

durchaus um einen sympathischen Kontakt handeln könnte. So war es auch, zumindest dem Foto nach und den Zeilen im Brief. Salopp, ein freches Lächeln um die Lippen, das dunkle Haar kurz geschnitten, strahlte er die Überlegenheit eines Mannes aus, der mit beiden Beinen im Leben steht. Theodor Brenner hieß er, und der akkurat aufgesetzte Brief war kurz gehalten. Seine Lebensgeschichte las sie aufmerksam: Kaufmännische Fähigkeiten hätten ihn weit in der Welt herumgeführt, meist in arabische Staaten, in denen er Maschinen aller Art verkauft habe, worüber leider zwei Ehen gescheitert seien. Er wäre seit einem Jahr im Ruhestand und wolle diesen mit einer Partnerin teilen. Er besäße ein großes Haus und sei finanziell unabhängig.

Theresas Gedanken blieben vor allem an den zwei gescheiterten Ehen hängen, jedoch war sie zufrieden, dass wenigstens zwei beachtenswerte Bewerber unter den Anschreiben waren. Zunächst konnte sie sich nicht entscheiden, wem sie schreiben würde. Vielleicht beiden, oder doch nur einem? Über die Kontroverse der verschiedenen Aspekte in den Briefen war sie müde geworden. Sie schloss dieses Kapitel für den Abend und warf den beiseitegelegten Stapel ungeeigneter Anschreiben in den Papierkorb.

Einige Tage danach fasste sie nach längerem Überlegen den Mut, den beiden aussichtsreichen Anwärtern zu antworten. Prompt kam zwei Tage vor dem vorgeschlagenen Termin, sich zu treffen, eine Postkarte. Es war Klaus Schreiber, der Mann mit den badenden Spätzle. Seine kurze Antwort, er fände ihren Vorschlag für ein Treffen gut und es würde ihm zeitlich auch möglich sein, löste bei ihr ein Gefühl fröhlicher Erwartung aus.

Die Überlegung am Vorabend, welches Kleid für das Treffen das richtige sein könnte, machte sie doch nervös. In dieser heiklen Angelegenheit fehlte ihr die Unterstützung der Freundinnen. Noch spät wach im Bett liegend, ging sie gedanklich den Kleiderschrank schon mal durch und sortierte, verwarf, von blau nach grün, alle möglichen Kombinationen, ohne zu einem Ergebnis zu gelangen. Schließlich schlief sie darüber ein.

Nach dem Frühstück begann sie mit der Auswahl, bis reihenweise Kleider über dem Bett lagen. Aber es wollte keines so richtig passen. Das schlichte Graue war es dann, das mit dem zarten Dunkelrot eines lange nicht getragenen Hutes harmonierte. Sie hielt es vor dem Spiegel an den Körper, entlockte dem Gesicht eine Grimasse und sprach laut zu sich in ihr Spiegelbild:

»Du willst in deinem Leben etwas verändern, gut, dann stell dich nicht so an, als wärst du noch ein Teenager. Es ist nur ein Treffen mit einem Mann, ein Ku-

chen-Date mit Kaffee, wenn du so willst, und nichts wei-
ter. Das wirst du wohl noch hinkriegen.«

Sie dachte dabei an Ellen, die für derlei Situationen immer einen saloppen Spruch parat hat.
Vermutlich hätte sie ähnliche Worte benutzt,
nur die Entscheidung musste sie alleine treffen.
Bewusst lag die Verabredung an einem Wochenende, sie wollte nicht allein im Café sitzend
auf die Begegnung warten.

Bei dem Gedanken daran musste sie lachen,
die Ängste vor der Nähe eines Mannes schienen
nicht aus ihrem Kopf zu sein. Am frühen
Nachmittag plante sie genügend Zeit ein, folgte
mit festem Schritt dem breiten Bürgersteig die
Passauer Straße hinunter und traf, abgelenkt
vom Verkehr, etwas zu früh am Treffpunkt ein.

Das Café war am Wochenende gut besucht,
sie kannte es nur aus Werbeanzeigen der Zeitung. Gerne hätte sie sich auf die Terrasse gesetzt, aber es sah nach Regen aus. Erleichtert
entdeckte sie einen freien Tisch am Fenster, mit
Aussicht auf die Straße. Sie suchte nach ihrer
»Verabredung« und stellte fest, dass der Herr
noch nicht unter den Gästen war. Sie lenkte sich
mit der Betrachtung der Fußgänger auf der Straße ab. Ihr fielen die neugierigen Blicke verschiedener Gäste auf, die sie als Reaktion auf ihr un-
gewöhnliches Hutmodell wertete, und sie bekam
die aufsteigende Nervosität nicht unter Kontrolle. Die Bedienung grüßte freundlich und nahm

die Bestellung auf: eine Latte macchiato und ein Wasser. Im Briefwechsel mit Klaus Schreiber hatte Theresa als markantes Kennzeichen ihren dunkelroten Hut angegeben, im Stil von Marlene Dietrich, der sich ohne weiteres aus dem Äußeren hervorhob. Er schrieb, dass die Farbe Rot auch seine Lieblingsfarbe sei, nicht aber seine politische Gesinnung, und dass er eine Krawatte mit dieser Farbe tragen würde.

Die Bedienung kam mit dem Kaffee und dem Wasser. In diesem Moment begrüßte sie seitlich eine Stimme.

»Guten Tag, Frau Kanter.«

Unbemerkt war hinter der Kellnerin ihr Date herangetreten und stand nun vor ihr. Die Erscheinung, die sie dem Foto nach erwartet hatte, stimmte mit der Realität überein. Theresa war völlig perplex, und die Vorstellung, dass sie den Mann lieber beim Betreten des Cafés entdeckt hätte, war jäh zerstört. Ihre Reaktion zur Begrüßung war trotz innerer Unsicherheit vornehm und wirkte elegant. Sie nickte, hielt dem Herrn die Hand entgegen. Galant deutete er einen Handkuss an. Ohne dass sie es wollte, folgte sie der Bewegung und spürte, wie eine Röte in den Wangen glühte.

»Ich freue mich und hoffe, dass mein plötzliches Auftreten Sie nicht verunsichert hat. Ich bin Klaus Schreiber und bin entzückt, Sie kennenzulernen.«

Theresa, noch von der höfischen Begrüßung eingenommen, schüttelte, ohne zu antworten den Kopf. Ihre Geste deutete auf den Stuhl gegenüber. Theresa war sich sicher, dass ihm die Röte im Gesicht aufgefallen war!

»Bitte, setzen Sie sich«, überging sie rasch ihren Gedanken daran, »ich bin Theresa Kanter und freue mich ebenfalls.«

Ein höfliches »Danke«, dann legte er den Mantel ab und nahm nach wenigen Schritten von der Garderobe zurück gegenüber Platz. Theresa nutzte indes die Gelegenheit, die Person näher zu betrachten. Sein Gesicht, die Haare, die Augenfarbe, alles wie auf dem Foto, strahlte jedoch eine Lebendigkeit aus, die sie beeindruckte. Er trug ein weißes exakt gebügeltes Hemd und die im Brief erwähnte rote Krawatte, die zwischen dem Dunkelblau des Jacketts hervorleuchtete. Ohne den Vergleich zur stets korrekten Kleidung ihres verstorbenen Mannes anzustellen, gefiel ihr gleichwohl das Äußere von Klaus Schreiber. Sein reservierter Blick und sein gepflegtes Benehmen machten sie etwas verlegen.

»Ich hatte keine Mühe, Sie unter den Gästen zu entdecken«, plauderte er los. »Verzeihen Sie mir die Bemerkung, ich finde Ihre Erscheinung wirklich außergewöhnlich, natürlich im positiven Sinn.«

Theresa wusste um die Caprice ihrer Kopfbedeckung, die in den dreißiger Jahren Marlene

Dietrich so berühmt gemacht hatte, und fühlte erneut eine leichte Hitze in den Wangen, hielt jedoch seinem forschenden Blick stand. Ärgerlich darüber, dass die aufsteigende Röte ihre Unsicherheit verriet, die sie vermeiden wollte. Es traf sie wie einen Teenager beim ersten Date an der empfindlichsten Stelle und gab ihr das Gefühl, wie ein Buch aufgeschlagen zu sein, aus dem jeder lesen konnte. Er setzte erneut zu einer Frage an, wurde jedoch von der Serviererin unterbrochen. Gelassen, ruhig und selbstbewusst gab er die Bestellung auf so selbstverständlich wie der Mann selbst.

»Einen Whiskey on the rocks, bitte.«

Als die Kellnerin zum Nebentisch trat und abkassierte, führte er das Gespräch im ernsteren Ton fort.

»Ich muss mich bei Ihnen entschuldigen. Leider begleitet Sie und mich kein guter Stern. In den letzten Tagen habe ich mir oft überlegt, die Bombe platzen zu lassen. Aber der Fairness halber habe ich darauf verzichtet, um es Ihnen persönlich mitzuteilen.« Er hielt kurz inne und Theresa spürte eine kleine Unsicherheit bei seinen Worten. »Die Veränderung, von der ich geschrieben habe, ist bereits in mein Leben hereingetreten. Meine Offerte hatte ich mehreren Frauen zugestellt und vor Ihnen gab es bereits eine Begegnung mit einer Frau, die meine Vorstellungen zur Gänze erfüllt.«

Theresa stockte der Atem, die kleine Episode hatte noch nicht einmal begonnen und sollte schon zu Ende sein? Verärgert wallte es in ihr hoch, sollte sie lieber aufstehen und weglaufen? Sie beherrschte sich und blieb abwartend sitzen. Sie musste sich eingestehen, dass seine Ankündigung trotz allem Stil hatte und ihr ein Gefühl vermittelte, als würde sie, die beinahe unbekannte Frau, geschätzt werden. Nach kurzer Überlegung erkannte sie den freien Charakter des Mannes, seine Ehrlichkeit, und war bereit, ein wenig länger die angenehme Gesellschaft zu genießen. Spontan winkte sie der Kellnerin und bestellte zwei Gläser Sekt.

»Für die Offenheit möchte ich mich bedanken und auf diese kurze Begegnung mit Ihnen anstoßen.«

In den Augen ihres Gegenübers konnte sie Anerkennung für diese unvermittelte Handlung ablesen. Als wäre damit der Bann für beide gebrochen, kam ein gelöstes Gespräch in Gang, in dem sie sich gegenseitig über ihre Lebenssituation austauschten. Theresa fühlte sich in seiner Nähe geborgen, und als sie beide Kuchen bestellten und sich über ein Zuviel an Kalorien und Fettpölsterchen um die Hüften, die gerade bei jüngeren Mädchen aktuell waren, unterhielten, entfuhr ihnen ein gemeinsames Lachen. Die Verabschiedung fiel dann auch freundlich aus, und beide hatten das Gefühl, einen besonderen Menschen kennengelernt zu haben.

Als sie in der S-Bahn saß und nach Hause fuhr, sann sie noch über das Plauderstündchen im Café nach und bedauerte, dass diesem Date eine klare Erkenntnis folgte, nämlich dass Männer vom Schlag eines Klaus Schreiber sehr schnell vergeben sind.

Es verging beinahe eine Woche, bis ein Brief von Theodor Brenner eintraf, den sie bereits abgehakt hatte. Inzwischen nahmen sie ihre Reisevorbereitungen völlig in Anspruch. In den verbleibenden zwei Wochen bis zum Abreisetermin fanden beide nach telefonischer Rückfrage doch noch einen passenden Termin. Wie auch am vorangegangenen Treffen plagte sie die Frage: *»Was ziehe ich bloß an?«* Die Idee, ihr Äußeres nach dem Bild aus einem Journal zu verändern, kam ihr zu Hilfe und nistete sich in ihre Vorstellung ein. Je länger sie darüber nachdachte, umso größer wurde der Wunsch. Dieses Mal wollte sie nicht das elegante Graue und schon gar nicht den Marlene-Hut tragen, nein, es sollte lustig, bunt und extravagant sein, so wie sie sich fühlte.

Ihre erste Handlung, Friseur und Maniküre, erfüllte sie mit ungeahntem Enthusiasmus. Kurz darauf saß Theresa mit gemischten Gefühlen im Stuhl des Salons, umgeben von zwei geschwätzigen Frauen, und hatte sich nicht unter Kontrolle. In ihrer aufgewühlten Gefühlslage wählte sie, trotz aller Bedenken der Stylistin, die freche Frisur der jungen Frau vom Journal, und genoss dann zunehmend mit jedem Schnitt die Veränderung bis in die Haarspitzen. Erstaunt stellte sie im vorgehaltenen Spiegel fest, dass die neue Frisur wie ein Jungbrunnen wirkte und sie viel jünger erscheinen ließ.

Als die junge Maniküre nach der Farbe für ihre Nägel fragte, entschied sie sich für ein auffälliges Rot. Doch mit dem markanten Lidschatten kamen ihr erste Zweifel. Nach kurzem innerem Disput beschloss sie jedoch erneut die Veränderung ihres Gesichtes. Als sie den Salon verließ und die Straße in Richtung KDW einschlug, hatte sich die Gefühlslage wesentlich gebessert. Sie merkte plötzlich bewundernde Blicke von Männern, die sie mit einem Lächeln auf den Lippen erwiderte. Trotz ihrer neunundsechzig trug sie heute das Selbstbewusstsein einer jungen Frau durch die Stadt, sie kokettierte und genoss den ein oder anderen bewundernden Blick.

Es war Freitag, ein sonniger Tag, als sie mit aufreizendem Gang und einer Dazu-stehe-ich-Haltung erneut das »Café Sinn« in der Passauer Straße betrat. Auch dieses Mal war sie zeitig genug da und stellte überrascht fest, dass auch heute das Lokal gut besucht war. Sie registrierte die Aufmerksamkeit verschiedener Gäste beim Betreten, begegnete selbstbewusst den Blicken und setzte sich an einen freien Tisch Im Hochgefühl der Bewunderung, bestellte sie Kaffee und ein Glas Sekt. Selbstsicher nippte sie daran, begegnete über den Rand des Glases hinweg dem einen oder anderen Augenpaar und fühlte sich geschmeichelt. Sie vermochte sich nicht auszumalen, welche Überraschung das neue Outfit bei den beiden Freundinnen hervorrufen würde. In der Erwartung der Person, die so wenig über sich geschrieben hatte, traf ihr Blick einen Mann, der mit aufrechtem Gang auf ihren Tisch zukam. Dieser Augenblick, sie führte soeben das Sektglas an den Mund, war wohl der ungünstigste, den sie sich vorstellen konnte, was sich aber nicht mehr ändern ließ. Der Mann indes blieb mit erstaunter Miene vor ihr stehen und deutete eine Verbeugung an. Sein Gesicht hatte eine entfernte Ähnlichkeit mit dem Foto, das sie vom Brief in Erinnerung hatte.

»Guten Tag. Mein Name ist Theodor Brenner. Sind Sie Frau Kanter?«

Theresa nickte. Während des kurzen Telefonats hatte sie lediglich erwähnt, dass als Erkennungsmerkmal eine silbergraue Handtasche auf dem Tisch liegen würde, die hatte er offensichtlich registriert. Sie griff nach der ihr dargereichten Hand, empfand den Händedruck als sehr flach, fast leblos lagen die Finger in ihrer Hand.

»Ich dachte es mir schon«, entgegnet er flüchtig, setzte sich umständlich, als wäre er gerade zum Tisch zurückgekehrt.

Die Erklärung, was er sich schon dachte, blieb er schuldig. Er räusperte sich laut, sein Blick ging vom Sektglas zu ihrem Äußeren. Seine Bemerkung, ob die Begegnung ein Anlass zum Feiern sei, war spitz. Theresa, noch abgelenkt von seiner nachlässigen Begrüßung und der burschikosen Art, wie ein Pascha nach der Begrüßung Platz zu nehmen, überging diese Äußerung völlig. Auf die Frage, ob ihm das Café bekannt sei, bezog sie sich auf die angegebene Briefadresse, die am anderen Ende der Stadt lag. Sein Gesichtsausdruck änderte sich bei dieser Frage, indem er die Augenbrauen hochzog und abschätzig in den Raum sprach.

»Ja, leider, die Fahrt hierher war umständlich. Wie immer findet man an den Wochenenden keinen Parkplatz.« Diese Aussage war für Theresa überraschend, sie hielt sie auch für unpassend. Wie er es sagte, hinterließ den Eindruck, das Treffen hier sei ihm unangenehm. So hielt sie ihm in der Antwort die Vorteile der U-Bahn-Station entgegen.

»Ja, das Problem ist mir noch gut in Erinnerung. Mit dem Bahnnetz erreiche ich heute beinahe jedes Ziel, deshalb habe ich den Pkw bald nach dem Tod meines Mannes abgegeben.«

Die Kellnerin kam an den Tisch. Ohne Theresa zu beachten, bestellte er Wasser und beendete die Order, ohne nach ihrem Wunsch zu fragen. Sie übersah die Unhöflichkeit und bestelle sich noch einen Kaffee und ein Stück von der Mozarttorte, die das letzte Mal so lecker schmeckte. Sofort kam unerwartet ein Einspruch, der sie sprachlos machte.

»Kuchen in unserem Alter? Mit jeder Menge Zucker, wo wir besonders das Cholesterin und den Blutzucker beachten müssen? Dick macht er außerdem!«

»*Ach du liebe Zeit*«, dachte Theresa verwundert, »*welcher Gesundheitsapostel hat sich hier an meinen Tisch verirrt? Er leidet wohl unter einer dieser Malaisen.*« Ihre Erwiderung war klar und das Gegenteil zu seiner Äußerung.

»Ich habe damit kein Problem. Ich esse davon, sobald ich Verlangen danach habe, und das kann schon zwei- bis dreimal die Woche sein!« Absichtlich übertrieb sie etwas die Häufigkeit.

Erneut bildeten die Falten auf seiner Stirn ab, wie er darüber dachte. Sein Blick glitt an Theresas Taille herunter. Sie vermutete, was kommen würde, lenkte geschickt das Gespräch in eine andere Richtung. Diese Seite wollte sie nicht mit einem Mann diskutieren, der ihr gerade zehn Minuten gegenübersaß und von einem Fettnapf in den anderen trat.

»In Ihrem Brief haben Sie erwähnt, dass Sie zwei gescheiterte Ehen hinter sich haben. Haben Sie auch Kinder aus diesen Verbindungen?« Diesmal war sie es, die ihn forsch ansah. Diese Frage überraschte ihn offensichtlich.

»Nicht, dass Sie denken, ich hätte Kinder nicht gewollt. Nein. Beide Ehen blieben kinderlos. In meinen Beruf hatten Kinder keinen Platz.« Auch diese Bemerkung offenbarte ihr den Macho.

Die Serviererin brachte die Bestellung an den Tisch. Theresa aß genussvoll von der Torte, während die Unterhaltung völlig zum Erliegen kam. Offensichtlich trug die Ablehnung des Kuchens mit dem Hinweis auf den gesundheitlichen Aspekt dazu bei. Theresa dachte indes an die aufgelockerte Unterhaltung mit Klaus Schreiber und an dessen Aufmerksamkeiten. Sie hatte den Kuchen noch nicht ganz aufgegessen, als sie ein neuer Lapsus des Gegenübers ereilte, der gleichzeitig der Gnadenstoß für die Unterhaltung war. Vermutlich mit der Absicht, die Reaktion ihrerseits zu prüfen, lag plötzlich seine Hand auf dem Oberschenkel Theresas. Wie gelähmt nahm sie die Berührung auf, fuhr dann das stärkste Geschütz für die Situation an.

»Finger weg, ich mag diese Art der Anmache nicht.«

Fast widerwillig und wortlos nahm er die Hand von ihrem Schenkel. Für Theresa war der Zeitpunkt erreicht, das Gespräch zu beenden und sich Luft zu verschaffen. Ohne das Kopfschütteln des Mannes zu kommentieren, winkte sie der Kellnerin. Nachdem sie bezahlt hatte, stand sie auf, griff die Tasche und sah in das hochrot gewordene Gesicht des Mannes.

»Unsere Unterhaltung möchte ich nicht fortführen. Betrachten Sie das Kennenlernen als gescheitert. Noch einen schönen Tag.«

Sie verließ mit selbstbewusstem Gang unter den erstaunten Blicken der Gäste das Lokal und atmete tief die kühle Luft auf der Straße ein.

IV
Die Konspiration

Es waren noch wenige Tage bis zur Abreise nach Thailand, als am Abend das Telefon klingelte und Alex sich nach ihrem Befinden erkundigte. Sie war überrascht, beruhigte ihn jedoch, dass alles mit ihr in Ordnung sei. Er sprach von Reisevorbereitungen und seine Bemerkung zum vorherrschenden Klima in Thailand – sie möge doch an ausreichend leichte Kleidung und natürlich an Badesachen denken brachte sie doch in Urlaubsstimmung. Vor allem müsste sie den Impfpass kontrollieren und überfällige Impfungen nachholen sowie ausreichend Tabletten gegen ihren Blutzucker besorgen. Er nannte ihr noch die Bahnzeiten für die Anreise zum Flughafen, aber die hatte sie ohnehin im Kopf.

Wegen verschiedener Besorgungen kam sie auch am Reisebüro des KDW vorbei, das ihr eine Infobroschüre über Thailand zugeschickt hatte. Da kam es ihr in den Sinn, nach den Rückflugdaten zu fragen, die Alex ihr nicht bekannt gegeben hatte. Es war ihr wichtig, und sie hatte noch Zeit, bevor sie etwas essen wollte.

Einige Kunden saßen in der Beratung. Sie legte den Mantel ab, denn es konnte länger dauern. Als sie zum Gespräch Platz nahm, starrte der junge Mann am Computer irritiert auf ihr Outfit, begrüßte sie aber dann sehr höflich. Als er die Frage zur Reise stellte, genügten ihm Name und Geburtsdatum, um die Einzelheiten im PC aufzurufen. Er las die Abflugzeiten vor, zögerte und ließ dabei seine Blicke über das Blassrosa ihres Seidentuches wandern, bemerkte dann fast beiläufig, ein Rückflug wäre für sie nicht gebucht. Seine Finger huschten abermals über die Tastatur. Seinen Vorschlag, bei Herrn Kanter nachzufragen, lehnte sie vorsichtshalber ab, bekam aber über diese Auskunft einen hochroten Kopf.

Die Tragweite dieses Bescheides verwirrte sie, sie verließ wie abwesend das Büro. »Weshalb hat Alex den Rückflug nicht gebucht?«, quälte sie lange die Information des jungen Mannes.» *Nun denn, es wird schon seine Richtigkeit haben*«, versuchte sie schließlich abzuwiegeln. Dann fiel ihr die Bemerkung ihrer Freundin Ellen ein und sie war nicht weniger irritiert als vor Wochen bei der Ankündigung der Reise.

Zu Hause angekommen sinnierte sie fortwährend über die bevorstehende Tour, und es schwirrten erneut Ellens Worte an jenen Nachmittag im Café im Kopf herum. Was Ellen ihr damals im Scherz angedeutet hatte, verfolgte Theresa und beängstigte sie in zunehmend kürzer werdenden Abständen. Sie kam zu der Überzeugung, dass diese Bemerkung nicht aus ihrem Kopf ging und etwas Drohendes bevorstand.

Als sie am Tisch saß und die Suppe löffelte, stellte sie überrascht fest, dass das Salz fehlte. Einigermaßen wieder bei sich nahm sie das Handy und versuchte Ellen oder Bettina zu erreichen, um ein Treffen am Alexanderplatz zu arrangieren. Vielleicht brachte sie ein gemeinsamer Spaziergang durch die Einkaufsmeile auf andere Gedanken. Von beiden Freundinnen wusste sie, dass sie für einen Bummel äußerst zugänglich waren, und sie erhielt die Zusage für den nächsten Tag.

Das »Albatros« am Alexanderplatz, bekannt für seine zarten Steaks und ein gepflegtes Publikum, hatte um diese Zeit nur wenige Gäste. Der Ober kannte das Trio, er empfing sie überaus höflich, teilte den Damen Plätze mit Aussicht in den Innenhof zu, der, nach japanischer Art entworfen, mit westlicher Anschauung steril und archaisch wirkte. Auf Ellens Frage, weshalb sie so aufgeregt angerufen hätte, platzte nun all das Aufgestaute aus ihr heraus.

»Ach, Ellen, ich bin seit gestern richtig unsicher und durcheinander. Was ich per Zufall im Reisebüro erfahren habe, lässt mir keine Ruhe. Stellt euch vor, mein Sohn hat für die Thailandreise keinen Rückflug für mich gebucht! Ich weiß nicht, was ich davon halten soll. Da ist mir deine Geschichte bei unserem letzten Treffen eingefallen, wo du im Spaß über die Abschiebung von Alten nach Thailand gekakelt hast. Allerdings ist es für Alex eine Geschäftsreise, so kann ich nur hoffen, dass es damit zusammenhängt.«

Beide Freundinnen sahen etwas betröpfelt und mitfühlend auf Theresa und konnten es nicht fassen, dass gerade ihre beste Freundin sich mit einem für sie unbegründeten Verdacht herumschlagen musste.

»Hast du mit deinem Sohn darüber gesprochen? Vielleicht klärt sich das auf, ohne deinen Verdacht zu bestätigen.«

»Klar hab ich das«, antwortete Theresa hitzig. »Nachdem ich vom KDW nach Hause kam, rief ich sofort bei ihm an. Die Schwiegertochter war dran und tat so, als wüsste sie darüber nicht Bescheid. Mein Sohn hätte sicher alles richtig vorbereitet, versuchte sie mich zu besänftigen. Er würde erst spät am Abend zurück sein. Gegen acht rief ich noch mal an und da war er gleich am Hörer. Seine Stimme klang gereizt und auf seine Frage, woher ich diese Information hätte, schob ich es auf die Auskunft vom Reisebüro. Ich müsste mir überhaupt keine Gedanken darüber machen, kam sofort seine Erklärung. Den Rückflug in Thailand zu buchen, wäre deutlich billiger, deshalb buche er vor Ort, zumal der Zuschuss seines Arbeitgebers nur für den Hinflug gilt. Überzeugt hat mich das natürlich nicht. Ellen, ich weiß wirklich nicht, was ich davon halten soll.«

»Hast du denn irgendwelchen Verdacht?«, fragte die Angesprochene vorsichtig zurück. »Er muss ja nicht gleich ein ehrloses Ziel verfolgen.«

Je öfter Theresa darüber nachdachte, umso mehr nistete sich ein Argwohn wegen des länger zurückliegenden Streits mit Alex in ihre Gedanken ein und ließ sie unentwegt darüber grübeln. Bei der Diskussion war es, wie so oft, um das Haus gegangen, und sie hatte mit unschönen Anspielungen von Alex geendet. Ein noch länger zurückliegender Wortwechsel tat ihr heute noch besonders weh. Auch da sprach er von ihrem Umzug in ein betreutes Wohnen und bemerkte, dass sie endlich den Altersstarrsinn ablegen solle. Sie widersprach dem energisch und nahm, wie so oft, die Verletzung beleidigt zur Kenntnis. Sie verstand immer weniger, dass ihr Umgang innerhalb der Familie nur noch von diesem Thema beherrscht wurde. Jetzt gründete sich ihr Verdacht auf diese in letzter Zeit zunehmenden Auseinandersetzungen. Am liebsten würde sie die Reise absagen und zu Hause bleiben. Beide Freundinnen erkannten den Zwiespalt, in dem sich Theresa befand, und versuchten, sie abzulenken.

»Ach, Theresa, was du da erzählst, ist doch - bei aller Streiterei in deiner Familie - nicht möglich«, wehrte Bettina ab. »Wenn aber an der Geschichte etwas dran sein sollte, kannst du mit unser beider Unterstützung rechnen. Ich möchte dich keinesfalls beunruhigen, liebe Theresa, aber was würdest du von einem Notplan halten, sozusagen als vorausschauende Absicherung, die dich zudem beruhigt? Ich habe da so eine Idee: Du lässt dir bis zur Abreise nichts anmerken. Wenn du dort bist, genießt du einfach das Klima und den Strand und lässt es dir im Hotel gutgehen. Sollte von deinen Befürchtungen etwas eintreffen, müssen sie ja spätestens vor Ort mit der Wahrheit herausrücken. Gleich nachdem du angekommen bist, kaschst du deinen Reisepass. Wenn nötig, wirken bei Thailändern zwanzig Dollar wahre Wunder. So, das ist das Allerwichtigste. Außerdem musst du auf dein Handy und die Kreditkarte achten. Nehmen wir an, dass der Fall eintritt und du hintergangen wirst, dann spiel die coole Oma und lass es darauf ankommen. Sonst kommen wir nach Thailand und holen dich dort raus. Auf alle Fälle bleiben wir in engem Kontakt, und wenn nötig, organisieren wir von hier aus einen Rückflug.«

Nachdenklich saßen die drei zusammen. Die Unterhaltung bekam beim Servieren der riesigen Steaks eine neue Richtung.

»Ach, und noch ein wichtiger Punkt: Unterschreibe auf keinen Fall etwas, von dem du nicht überzeugt bist und was du nicht lesen kannst.«

Theresa winkte nun erleichtert ab, hielt nach so viel Opposition einen Plan für überflüssig, zumal sie sich eigentlich auch nicht vorstellen konnte, dass ihr einziger Sohn zu einer derartigen Niedertracht fähig war. Wie eine verschworene Gemeinschaft dreier junger Gören verabschiedeten sie sich und trennten sich gesättigt von den opulenten Steakportionen.

V
Die Reise

Zwei aufgekratzte Enkel springen der Oma in der Eingangshalle des Flughafens entgegen, direkt in ihre Arme, was die beiden nur selten tun oder zulassen.

»Omi, Omi, es geht los. Wir machen Urlaub und sind so aufgeregt. Freust du dich auch wie wir auf die Reise?«

Die Omi, seit vier Uhr morgens schlaflos und auf den Beinen, ist noch nicht so richtig auf Touren, strahlt aber mit den beiden Enkelinnen um die Wette. Aufgeregt ist sie aus einen ganz anderem Grund.

Alex und Martha sitzen etwas abseits in einer der Sitzreihen in der Halle, neben sich einen Berg von Koffern. Sie winken. Nach der Begrüßung fragt Alex die Mutter nach dem Reisepass. Auch daran hat sie gedacht.

Vor dem Einchecken ist noch Zeit für einen Kaffee und den Gang zur Toilette. Die Abfertigung ist problemlos, nicht jedoch für Theresa.

Als sie durch die Sicherheitsschleuse geht, piepst es, der Schreck fährt ihr in die Knochen und ihre Knie werden ganz weich. Eine ganz in Blau gekleidete Kontrolleurin führt sie an die Seite und spricht beruhigend zu ihr:

»Tragen Sie noch Schmuck?« Sie hält einen der Detektoren in der Hand und streicht damit über Theresas Kleidung. Am Hals ertönt erneut das Signal. Es klärt sich, als sie unter der Bluse die Kette mit ihrem Sternzeichen hervorholt, das das Piepsen ausgelöst hat. Die Dame lächelt wissend und winkt Theresa nickend vorbei.

»Das Frühstück wird an Bord serviert«, informiert Alex und verteilt nach dem Check-in die Bordkarten.

Sie durchlaufen die langgezogene Röhre zum Einstieg in das Flugzeug und nehmen ihre Plätze ein. Theresa hat die Enkelinnen neben sich und den angekündigten Fensterplatz, von dem aus sie später der Sonnenaufgang über den Wolken begeistern soll. Wie es Alex versprochen hat, sind die Sitze sehr komfortabel und verfügen über genügend Beinfreiheit.

Der Start, dem Theresa gelassen entgegensieht, ist jedoch für die beiden Mädchen der aufregendste Happen. Nachdem die Maschine an die Startposition gerollt ist, heulen die Turbinen auf und die Passagiere werden in die Sitze gedrückt. Beide Mädchen schließen ängstlich die Augen und halten die Hände der Oma fest. Es ist ihr erster Flug und der Respekt vor dem Unerwarteten ist gewaltig.

Eine halbe Stunde später haben sie die Flughöhe erreicht, die Zeichen für die Anschnallgurte erlöschen. Die Stewards beginnen mit dem Verteilen des Frühstücks. Theresa kennt die Prozedur, hilft den Enkelinnen mit den Kunststoffverpackungen am Tablett. Eine Stewardess verteilt Kopfhörer, und natürlich wollen die beiden einen Film auf den kleinen Bildschirmen ansehen die wie von Zauberhand aus der Decke herausklappen.

Theresa übermannt der Schlaf, sodass sie den Sonnenaufgang verpasst, wie auch das meiste vom Flug. Ihre Befürchtung, es könnten sich Probleme mit den Füßen einstellen, verfliegt. Sie kann ihre Beine sogar im breiten Mittelgang vertreten. Beinahe überraschend kommt die Durchsage, dass sich die Maschine im Landeanflug befindet. Butterweich setzt sie auf der Landebahn auf und rollt auf den Terminal zu.

Bangkok. Es ist zeitiger Morgen, die Außentemperatur liegt bei achtundzwanzig Grad. Theresa fürchtet, die falsche Kleidung zu tragen, da es beim Abflug in Berlin gerade zwei Grad plus war. Alex ist der Flughafen vertraut, er steuert zielgerichtet die Gepäckausgabe an. Theresa beobachtet die kleinwüchsigen Thailänder, das

Blauschwarz der Haare und die gelben Zähne der Männer. Die Mietwagenstation ist am anderen Ende der Abfertigungshalle und ehe sie dort ankommen, ist Theresa in Schweiß gebadet. Ein geräumiger Van steht bereit, in dem alle bequem Platz finden.

Erleichterung macht sich breit, als die Klimaanlage die Temperatur im Wagen langsam senkt. Sie bringen das Gelände des Flughafens hinter sich und tauchen in die Stadt ein. Die beiden Mädchen sind hyperaktiv und fragen die Eltern unentwegt nach irgendwelchen Reklameschildern und ungewöhnlichen Gebäuden. Alex scheint die Ruhe selbst zu sein und steuert direkt auf eine der Schnellstraßen zu, die aus der Stadt führt. Kurz außerhalb der Stadt, die Mädchen drängt es auf eine Toilette, legt Alex eine Pause ein. Theresa kleben die Kleider und die Haare am Körper, die hohe Luftfeuchtigkeit trifft sie mit voller Wucht, als sie das Auto verlässt. Sie muss tief durchatmen, der Unterschied zwischen klimatisiertem Auto und dem hier herrschenden Klima ist enorm.

Alex gibt eine kurze Beschreibung zur Wegstrecke und dem Hotel und zeigt seiner Mutter auf der Karte das Ziel Hua Hin, das älteste Seebad Thailands. Es ist zugleich die Sommerresidenz des thailändischen Königs und liegt im Westen der Provinz Prachuap Khiri Khan. Theresa hat erst mal Probleme, die Namen zu lesen, geschweige sie auszusprechen.

Die Hotelanlage liegt direkt am Meer und ist für die erste Woche als Aufenthaltsort geplant. Die Luftfeuchtigkeit, die binnen kurzer Zeit die Kleider am Körper kleben lässt, ist beinahe unerträglich. Theresa schweigt dazu, da es die anderen offensichtlich nicht belastet, obwohl ihre verschwitzten Gesichter eine andere Sprache sprechen. Kaum eingestiegen fröstelt es sie im klimatisierten Auto. Die Fahrt dauert zwei Stunden, und Alex hört nicht auf, von der Schönheit Thailands zu schwärmen. Er deutet auf die langgezogene Bergkette des Tenasserim-Gebirges, dann auf eine Landzunge mit eindrucksvollen Sandstränden und Palmen.

Das Hotel »Anantara Resort« liegt abseits von der quirligen Hauptstraße, jedoch direkt am Strand, mit eigenem Zugang zum Meer. Sie betreten die großzügige Eingangshalle und werden an der Rezeption freundlich empfangen. Theresa bekommt ein großzügiges Doppelzimmer mit Balkon zur Gartenseite für sich alleine, mit gut gefülltem Getränkeschrank. Obst steht ebenfalls auf dem Tisch. Sie betritt den Balkon und ist überwältigt von der Großzügigkcit der unter ihr liegenden Anlage, die hinter dem Hotel zum Strand leicht abfällt. Der freie Blick über die

Palmen und exotischen Blumen ist fantastisch. Türkisblau schimmert das Meer zwischen den wiegenden Palmenblättern hindurch.

Noch in der Halle haben sie ausgemacht, dass jeder erst mal sein Zimmer bezieht und sie sich zwei Stunden später im Restaurant zum Abendessen treffen. Theresa duscht ausgiebig und legt sich anschließend nackt ins breite Bett. Sie starrt auf den quirlenden Ventilator und seine kunstvolle Bemalung der Flügel. Die Luft zirkuliert angenehm auf der nackten Haut. Sie fühlt sich frei von den Anstrengungen der Reise, und jeglicher Gedanke an familiäre Schwierigkeiten ist wie weggeblasen. Das Hotel gefällt ihr, die gediegene, traditionelle thailändische Einrichtung und die Großzügigkeit der Anlage. Besonders bewundert sie die bunten Kleider der dunkelhaarigen schlanken Mädchen. Hektik scheint hier ein Fremdwort zu sein, und erstaunt wird ihr bewusst, dass ihr im Augenblick völlig unwichtig erscheint, was sie vor der Abreise in Berlin bedrückt hat. Auf Anraten von Ellen verwahrt sie Pass und Kreditkarte und auch das meiste Geld im Safe.

Am Restaurant treffen alle fast gleichzeitig zum Mittagessen ein. Alex betrachtet seine Mutter mit argwöhnischen Blicken, während sie auf die Platzzuweisung warten. Theresa trägt eine grellbunte Bluse, dazu eine sportlich geschnittene weiße Hose. Die Haare hat sie mit einem leuchtend roten Tuch nach hinten gebunden. Die roten Lippen unterstreichen die Farben ihrer Bluse. Für Theresa keine ungewöhnliche Garderobe, aber offensichtlich hat der Sohn damit ein Problem. Eine ältere Dame mit typischer Com-Bluse und auffälligem Seidenrock deutet einen Wai an und begleitet sie mit bewegungsloser Mimik in das Restaurant an den Tisch, der für sie während der Aufenthaltstage im Hotel reserviert ist. Ein Kärtchen mit dem Namen ihres Sohnes steht darauf:

»Table NR.: 17 – Alex Kanter«

Die Mädchen beäugen bereits die lange Theke mit exotischen Gerichten und tuscheln aufgeregt, als ein junger Kellner sie begrüßt. Sie bestellen die Getränke und stellen sich am Buffet mit den Vorspeisen an. Theresa kann sich nicht sattsehen an den abwechslungsreichen Sorten von Gemüse und Salaten, die mit Raffinesse angerichtet sind.

Während sie essen, erklärt Alex seiner Mutter, dass sie solch ein üppiges Buffet jeden Tag am Mittag und am Abend erwarten würde. Sie sollte allerdings vorsichtig mit den scharf gewürzten Gerichten sein. Für Theresa ist erst mal alles ungewöhnlich, aber die Art und Ruhe während des Essens gefällt ihr. Die beiden Mädchen tragen einen gefüllten Teller mit Scampi an den Tisch.

»Na, euch beiden scheint es zu schmecken«, meint sie verwundert und bemerkt, dass sie selbst nicht weniger auf dem Teller hat. Die Frage, wo sie das viele Essen nur hinstopfen sollen, verkneift sie sich. Martha hat die Unterhaltung mitverfolgt und fragt ihre Kinder, ob sie Oma nach dem Essen an den Strand begleiten wollen. Die Augen der Kinder leuchten, als ihre Mutter den Strand erwähnt. Theresa indes, ein bisschen enttäuscht, hatte sich insgeheim gewünscht, den Strand für sich alleine zu erkunden. Sie ärgert sich über die vorweggenommene Entscheidung. Beide Mädchen verdrücken noch einen Eisbecher.

Die Ruhe für die Oma scheint vorbei, als sie mit den unendlich neugierigen Mädchen den Strand besichtigt. Lachend laufen die Mädchen den Weg zwischen Palmen und blühenden Strelitzien hindurch und sind der Oma meilenweit voraus, wie sie es abfällig nennen, wenn die Oma wieder mal zu langsam ist. Theresa bleibt zwischen den Palmen am Strandsaum stehen und nimmt in aller Gelassenheit die Landschaft in sich auf.

Ein flach abfallender Sandstrand erstreckt sich bogenförmig in die Bucht, umsäumt von wiegenden Palmen und verstreut liegenden Kokosnüssen. Überall liegen die Früchte und dürre Palmblätter herum. Mit Argwohn registriert sie die Größe der Nüsse und entdeckt beim Blick in die Palmenkrone ganze Mengen davon. Manche Nüsse sind halb im Sand eingetaucht und ihre Schale aufgeplatzt, woraus ein hellgrüner Austrieb nach dem Licht sucht. Draußen, im Olivgrün des Meeres, ragen dunkle Felsfragmente aus dem Meer. Das grelle Licht der tiefstehenden Sonne spiegelt sich in den Wellen und taucht die Schatten der Felsen in mystische Farben.

Den Mädchen bleibt die Schönheit draußen einerlei, sie hüpfen barfuß und übermütig im Saum der Wellen und suchen im Sand nach Korallen. Sie winken Theresa, anscheinend haben sie etwas entdeckt. Sie halten bunte Muscheln und Schneckenhäuser in ihren kleinen Händen und suchen begeistert den Strand ab. Theresa geht barfuß im flachen Auslauf der Wellen den Mädchen hinterher. Das warme Wasser und der weiche Sand umspülen ihre Füße und streicheln die Zehen. Die Hände mit gesammelten Muscheln voll, laufen die Mädchen zurück zum Hotel. Theresa lässt sich Zeit, bestaunt noch die Blütenfülle in der Hotelanlage und folgt gemächlich den Mädchen. Sie trifft Alex und Martha mit ihren quirligen Töchtern in der Lobby. Ein Begrüßungscocktail steht bereit, den sie gemeinsam auf der Terrasse einnehmen. Dann macht sich Theresa für das Abendessen frisch und zieht eine der neuen bunten Bluse an. Im Haar steckt ihre Gucci-Sonnenbrille, die nicht minder auffällig ihr Äußeres verändert. Sie betritt die Lobby, wo sie die überraschten Blicke der Kinder empfangen. Alex setzt zu einer Bemerkung an, verkneift sich dann einen Kommentar zum Outfit der Mutter. Stattdessen will er ihr die Vorzüge der Hotelanlage näherbringen.

»Na, Mutter, habe ich dir zu viel versprochen? Ist das Hotel nicht eine Wucht?« Für Theresa unerwartet fügt er hinzu: »Schade, dass ich es nicht weiter mit euch genießen kann. Morgen endet leider mein Paradiesalltag, ein Treffen mit unseren Geschäftspartnern der Firma steht bevor. In drei Tagen bin ich ja wieder da.«

Theresa gewinnt den Eindruck, für Martha und die Kinder ist seine Ankündigung nichts Neues!

»Bedauerlich, dass du uns alleine lässt.«

In der Stimme klingt Bedauern mit und Fröhlichkeit zugleich, da sie indirekt zustimmt, dass sie die Atmosphäre auch traumhaft findet. Die Worte, die ihr auf der Zunge liegen, dass sie hier für immer leben könnte, schluckt sie schnell herunter, sie fürchtet eine zufällige Bestätigung ihres Sohnes.

Die Tage verbringen sie gemeinsam mit zauberhaften Spaziergängen entlang des Strands und der näheren Umgebung. Irgendwie empfindet

Theresa die Abwesenheit von Alex als angenehm, sie muss nicht befürchten, dass unbedachte Worte die Urlaubsidylle zu einem Streit eskalieren lassen. Sie schläft ausgiebig, genießt die Sonnenaufgänge am Strand und ist die Letzte am Frühstückstisch. Sie sucht zu jeder Gelegenheit die Ruhe am Strand, nur die Nachmittage bleiben mit der Erkundung der Umgebung ausgefüllt oder mit dem Schwimmen in der Lagune, manchmal faul auf einer Liege am Meer.

Martha bemüht sich, Theresa den Aufenthalt so angenehm wie möglich zu gestalten, sie liest ihr geradezu jeden Wunsch von den Lippen ab. Auch Alex meldet sich tagsüber, lässt sich in Theresas Zimmer verbinden und erkundigt sich, ob alles in Ordnung ist. Einerseits schmeichelte es ihr, dass die Kinder um sie besorgt sind, besonders das Verhalten von Martha, andererseits kommt ihr der plötzliche Wandel der beiden spanisch vor.

Ein Ausflug in die nähere Umgebung zur Stadt Pran Buri steht an diesem Tag an. Alex hat ihn überraschend vorgebucht, sein Kommentar, sie müssten den Trip in die Stadt ohne ihn unternehmen, stößt bei den Mädchen auf wenig Gegenliebe. Doch die Buchung steht.

Nach dem Frühstück meldet die Rezeption ein Taxi, das sie in die etwa fünfundzwanzig Kilometer entfernte Stadt fährt. Sie fahren landeinwärts, bis unweit der Küste aneinandergereiht spitze Gipfel aus der Ebene aufragen, die den Namen *»Gebirge der dreihundert Bergspitzen«* tragen. Sie sind zugleich das eindruckvollste Bergmassiv der Umgebung. Daran schließt sich der zentrale Teil eines großen Nationalparks mit zahlreichen Grotten und tiefen Schluchten an.

Auf den Weg dorthin sind sie froh, dass der Fahrer eine Besichtigung des grandiosen Kalksteinmassivs vorschlägt und sie die durchgesessenen Fondsitze eine Weile verlassen können.

VI
Ein Umzug folgt dem anderen

Am folgenden Tag sitzen sie nach dem Frühstück noch am Tisch zusammen. Alex hat sich bereits in die Stadt verabschiedet und Martha druckst ein wenig herum, als will sie Theresa etwas mitteilen und weiß nicht recht, wie. Schließlich schickt sie die Mädchen auf ihr Zimmer, um die Utensilien für den Strand zu richten. Kaum sind die beiden außer Sichtweite, überrascht sie Theresa mit einer Nachricht.

»Theresa, heute Morgen hat mir Alex eine Änderung für unseren Aufenthalt mitgeteilt, die mit dem Auftrag seiner Firma zusammenhängt. Er muss in ein südlicheres Distrikt und dort einen Kollegen vertreten. Also ist hier morgen erst mal Schluss, nach dem Frühstück ziehen wir in ein Hotel weiter südlich. Alex wird gegen Mittag zurückkommen und lädt uns zum Abschied in ein thailändisches Restaurant ein.«

Die Ankündigung ihrer Schwiegertochter vom plötzlichen Wechsel enttäuscht Theresa, sie hätte die Nachricht lieber von ihrem Sohn persönlich entgegengenommen. Aber sie fügt sich der neuen Situation.

Alex trifft kurz vor zwei Uhr im Hotel ein und entschuldigt seine Verspätung. Theresa unterdrückt ihre Verärgerung während der Fahrt in die Stadt und sucht Zerstreuung bei der Beobachtung der thailändischen Kinder. Sie fahren mitten durch die quirlige Innenstadt, ein mühsames Gedränge zwischen Hunderten von kreuz und quer fahrenden Motorrollern und pausenlos klingelnden Fahrrädern. Dann erreichen sie den Hafen. Alex stellt das Auto in eine Parklücke vor zwei Häusern einer Seitengasse. Er wird sofort von zwei alten Leuten belagert. Gestikulierend und in unmissverständlicher Zeichensprache verlangen sie eine Standgebühr für das Auto.

»Die Verkehrssituation hier«, meint Alex lächelnd, »folgt anderen Gesetzen als bei uns in Berlin«, und er drückt dem Alten einen Schein in die Hand. Der Mann unterbricht die Kaubewegung, schiebt das Grünzeug in die andere Backe, verzieht seine Lippen zu einem zahnlosen Grinsen, das einen Blick auf ein gelbgefärbtes Zahnfleisch gewährt. Er verneigt sich und seine Hände zeigen zum Auto, womit er klarmacht, dass es jetzt gut aufgehoben ist.

Theresa schreckt das dichte Gedränge und laute Durcheinander etwas ab, sie sehnt sich nach der Ruhe ihres Hotels und einem Drink.

Vom Hafen zieht ein brackiger Geruch von festgemachten Tauen herüber, vermischt mit dem süßen Duft gebratener Bananen und Schwaden von scharfen Gewürzen aus rauchenden und zischenden Woks der Straßenrestaurants. Theresa überkommt ein leichtes Unwohlsein, sie ist sich nicht sicher, ob es eine gute Idee ist, hier zu speisen. Wiederholt zupft ein kleines Mädchen an ihrem T-Shirt und bettelt mit aufgehaltener Hand. Es lächelt und nachdem Theresa ihm ein Geldstück in die verschmutzten Finger gedrückt hat, verschwindet es flink im Gewirr der Menschen.

Nach kurzem Fußmarsch erreichen sie die Uferanlage, zumindest das, was davon zwischen den Reihen aufgestellter Buden und vertäuter Boote noch zu erkennen ist.

»Das ist der ultimative Treffpunkt der Thais zum Mittag oder Abend«, erklärt Alex, »dort, wohin sie zum Essen kommen.« Er lacht zu seiner Bemerkung, dass eine Hälfte der Thais tagsüber beim Essen wäre, derweil die andere bereits darüber nachdenke, wann sie ihr nächstes Essen einnimmt.

»Hier gibt es alles, was die thailändische Küche zerhackt, kocht, brüht und grillt.«

An jeder Ecke raucht und zischt es, es raunen und plappern emsig über Woks fächelnde Frauen und Männer. Aus Schalen glotzen silbrig glänzende Fische auf die vorbeieilenden Hungrigen, in den Körben krabbeln Schalentiere, die meist lebendig in den heißen Pfannen gegart werden. Geschlachtete nackte Hühner hängen kopfüber an Schnüre gebunden. Zusätzlich versuchen fürchterlich stinkende Motorräder, die zudem einen Höllenlärm verbreiten, das Gewirr von Kunden und Händler zu durchdringen.

Alex steuert auf ein schwarz angestrichenes Holzboot an einem breiten Steg zu. Seine Handbewegung deutet an, dass sie ihr Ziel erreicht haben. Ein grauhaariger Mann in langem violettem Wickelrock und ausgetretenen Sandalen verbeugt sich vor ihnen. Sein breites Grinsen zeigt eine Reihe kaputter Zähne. – In Theresa blitzt kurz der Gedanke an ihre Zahnarztpraxis auf, wo mit Argusaugen jeder ihrer Zähne nach kariösem Befall inspiziert und kostenlos behandelt wird. *»Dem Himmel sei Dank«,* flüstert sie zu sich.

Sie folgen Alex über die schwankenden Holzbretter in das schummrige Innere des Bootes, aus dem geräuschvolle Unterhaltung dringt. Sie bekommen eine wackelige Bank mit einem niedrigen Tischchen davor zugeteilt, auf der sie eng aneinander gedrückt Platz nehmen. Alex bestellt etwas auf Thai, und die Frau nickt. Was nun folgt, überrascht nicht nur Theresa. Die Frau kommt mit dampfenden Tüchern in einer Schüssel zurück, in Begleitung eines zierlichen Mädchens. Mit einer Holzzange legt sie jedem ein gerolltes dampfendes Tuch in die Hände.

Das Mädchen macht eine kreisende Bewegung ihrer Hände vor dem Gesicht, womit sie darstellt, dass sie sich mit den feuchten Tüchern reinigen sollen. Sie verschwindet und kommt nach einer kurzen Weile erneut zurück, diesmal mit bunt bemalten Papiertüchern. Sie breitet sie auf dem schmalen Tisch aus, darin enthalten sind kunstvoll beschriftete Stäbchen. Mit einer tiefen Verneigung entfernt sie sich. Martha erklärt, dass die Stäbchen Gabel und Messer ersetzen sollen, was den Kindern zunächst ein großes Fragezeichen in die Gesichter malt. Sie deutet auf einen Mann am Tisch gegenüber, der aus einer Schale lange Nudeln fischt und in kunstfertig leichter Art mit den Stäbchen hantiert.

Auf das Essen müssen sie nicht allzu lange warten, das zierliche Mädchen stellt schon bald einen silbrig glänzenden Topf auf das Tischchen. Der dampfende Reis duftet, es gibt gebratene Hähnchenstücke dazu. In die bunten Keramikschüsseln gibt sie den Reis und verteilt die Soße darüber. Alex versucht als Erster, den Reis mit dem Stäbchen aufzunehmen, es gelingt ihm auch. Theresa hat den Mann vom Nebentisch beobachtet und so bekommt auch sie den klebrigen Reis mit den Stäbchen in den Mund. Noch niemals hat sie Reis mit derartigem Geschmack gegessen. Theresa ist begeistert.

Am späten Nachmittag erreichen sie müde das Hotel und sind erleichtert, dass der Umzug ins neue Quartier erst am nächsten Morgen ansteht. Theresa zieht sich auf ihr Zimmer zurück und legt sich angezogen auf ihr Bett. Mit Gedanken an das Erlebte, die leise Brise des lautlos rotierenden Ventilators kaum spürend, schläft sie schließlich ermattet ein. Irgendwann schreckt sie vom Klingeln des Telefons hoch. Im Zimmer herrscht Dämmerlicht, der Ventilator dreht immer noch geräuschlos seine Kreise.

Es ist Martha, die besorgt nachfragt, ob alles in Ordnung bei ihr sei. Sie würden in der Lobby bereits auf sie warten.

»Entschuldige, Martha, ich bin eingenickt. Ich muss noch kurz duschen. Wir treffen uns im Restaurant.«

Ein richtiges Essen kommt nach dem üppigen Gericht am Nachmittag für Theresa nicht in Frage, aber die exotischen Früchte will sie zu sich nehmen. Es gibt wieder die süße Jackfrucht, die mit Eis köstlich schmeckt.

Der Abend plätschert etwas zäh dahin, alle sind sie irgendwie angespannt. Vielleicht liegt es am Wetterwechsel oder am bevorstehenden Umzug in den Süden …

Alex ist am nächsten Morgen die Ruhe selbst. Die Koffer sind gepackt, darum gönnen sie sich ausreichend Zeit für das Frühstück. Theresa bleibt noch am Tisch sitzen, während ihr Sohn an der Rezeption die Bezahlung der Hotelkosten regelt. Kurz danach verstauen sie gemeinsam die Gepäckstücke im Van und fahren aus der Stadt. Es hat zu regnen begonnen. Auf holprigen Straßen geht es durch Pfützen übers Land, an unzähligen kleinen Bauernhäusern und Reisfeldern vorbei, die bogenförmig wie Terrassen an die Hänge gebaut sind. Die dahinjagenden Wolkenfelder streuen ein seltsam mystisches Licht- und Schattenspiel auf die Wasserflächen der Reisfelder. Endlich erreichen sie eine Schnellstraße. Nach einer Stunde nimmt der Regen zu. Die ansteigende Luftfeuchtigkeit ist jetzt selbst im klimatisierten Van zu spüren. Die Straße führt im weiten Bogen an der Küste entlang, deren Schönheiten im Grau des Nebels und hinter verregneten Scheiben verborgen liegen.

Gegen Mittag erreichen sie ihr Ziel. Auf einer Anhöhe lugt die Stadt Surat Thani schemenhaft aus dem Dunst der tieferliegenden Meerenge. Alex steuert das Auto am Beginn der Stadt in Richtung Meer, an Häusern mit glänzenden Wellblechdächern vorbei und kleinen Siedlungen. Die Hotelanlage liegt auf einer Anhöhe und gewährt einen sensationellen Blick über die Küstenlandschaft. Als sie das Gepäck entladen, bricht die Sonne durch die Nebelbänke und zaubert glänzende Wellenspiegel auf die Meeresoberfläche. Die Ausstattung der Zimmer ist großzügig, nur Theresas Zimmer ist diesmal kleiner. Dafür hat sie einen wundervollen Rundblick über die Gartenanlage mit Swimmingpool in Türkisblau.

Während des Abendbuffets erklärt Alex seiner Mutter, dass er das Hotel nur für die nächsten fünf Tage buchen konnte, danach müssten sie noch einmal umziehen. Die Kinder murren, Martha macht ein betröpfeltes Gesicht und Theresa, ohne dass sie es will, einen Gedankensprung in eine ganz andere Richtung. – Noch überraschender ist die Ankündigung von Alex, als er seiner Familie in Aussicht stellt, dass er lediglich den morgigen Tag abwesend sei und danach für Unternehmungen zur Verfügung stehe.

So richtig will Theresa das Abendessen nicht schmecken, ihr Gedankenkarussell dreht sich noch immer. Sie verlässt mit der Ausrede, dass der Tag für sie anstrengend gewesen sei, die Lobby und geht auf ihr Zimmer. Missmutig öffnet sie den Koffer, sie verstaut die feuchten Kleidungsstücke im Schrank. Ihre Gedanken sind zu Hause in Berlin.

Sie braucht jetzt die Stimme ihrer Freundin und greift zum Handy. Gleich darauf ist sie mit einer gut gelaunten Ellen in Deutschland verbunden. Bereitwillig plaudert Theresa vom bisherigen Reiseverlauf und dem wundervollem Hotel. Sie erwähnt, dass der Sohn berufsbedingt das Hotel wechseln musste. Jedoch seien für sie keinerlei Andeutungen einer Änderung erkennbar. Theresa spürt an Ellens Stimme, dass diese überglücklich ist.

»Siehst du, meine Liebe«, meint sie mit ironischem Unterton in der Stimme, »deine Vorbehalte gegenüber deiner Familie sind haltlos. Ich freue mich, dass du schöne Tage verbringst. Hier in Berlin ist es kalt und es herrscht scheußliches Wetter. Heute Nacht ist sogar noch Schnee gefallen. Bettina hat sich eine Erkältung geholt und liegt flach. Schön, dass du angerufen hast.«

Erleichtert über das Gespräch schlüpft Theresa nackt unter die leichte Decke und schläft sofort ein.

Die neue Anlage liegt etwas weiter vom Strand entfernt, ist genauso schön wie das Hotel Anantara in Hua Hin. Der Strand in der Bucht ist flach und mit unzähligen Korallen übersät. Sie schwimmen ausgiebig und verbringen Stunden damit, die neue Umgebung abzulaufen. Alex überrascht seine Familie während des Abendessens mit einem Ausflug auf eine der vorgelagerten Inseln. Ko Samui, eine paradiesische Insel an der Küste am Ang Thong Archipel. Die beiden Mädchen springen aufgeregt durch das Hotel und plappern unentwegt den melodischen Namen »*Ko Samui, Ko Samui*«!

Früh am Morgen bringt sie das Hoteltaxi zum Hafen und nach der Überfahrt mit einer kleinen Fähre, übernimmt ein Jeep den Transport der Gruppe und fährt sie zu einer Kokos- und Durianplantage. Geübte Jungen pflücken für fünf Dollar die Früchte, indem sie mit kurzen Stricken um die Beine flink in die Palmkronen klettern und die begehrten Nüsse abschneiden. Jeder mit einer aufgeschlagenen dicken Nuss in der Hand, verbringen sie einige Stunden am lebhaften Chaweng Beach. Doch Theresa mag die überfüllten Strände nicht, wo der Tourismus seine Spuren hinterlässt.

Die Tage im Hotel gehen schnell zu Ende und es sieht ganz nach einer Wende aus. Warum, erfährt Theresa nicht, spürt aber den ganzen Tag, dass die Stimmung aus ungeklärten Gründen gekippt ist. Am letzten Abend erscheint Martha mit verheulten Augen zum Abendessen. Auf die besorgte Frage Theresas gibt sie gereizt zur Antwort, dass sie sich gestritten hätten, aber mit dem Grund dafür will sie nicht herausrücken. Auch die beiden Mädchen lassen keine Silbe über den Streit fallen. Das Abendessen plätschert betrüblich dahin. Theresa zieht sich bald auf ihr Zimmer zurück und beginnt ihre Koffer für die Abreise vorzubereiten.

Am nächsten Morgen scheint die Luft beim Frühstück wieder gereinigt zu sein. Sie verlassen das Hotel kurz vor Mittag und sind keine halbe Stunde unterwegs, als sie ihre neue Bleibe südlich von Surat Thani erreichen. Alex parkt in der Einfahrt vor der kleinen, sehr gepflegten Anlage. Das Zimmer für Theresa ist gemütlich ausgestattet und neu eingerichtet.

Das Hotel scheint beliebt bei älteren Leuten zu sein, fällt Theresa nach einem Blick auf die Gäste auf. Das Schild am Eingang hat sie nur flüchtig betrachtet, den Begriff *Residenz* unter den Thailändischen Buchstaben völlig übersehen.

Sie ordnet ihre Sachen in die Schränke und kleidet sich entsprechend zur Erkundung der Anlage. Die Tische in der Lobby sind gut besetzt, so entschließt sie sich, zunächst den Strand aufzusuchen. Als sie am Swimmingpool vorbeikommt, hat sie den ersten Kontakt mit einem Hausangestellten. Der begrüßt sie sehr freundlich auf Englisch und wünscht ihr einen angenehmen Aufenthalt. Sie erwidert den Gruß und schlendert im Schatten der Palmen in Richtung Strand. Exotische Blumen säumen den Weg entlang eines üppig bewachsenen Gartens, der im sanften Bogen einen endlos scheinenden Sandstrand freigibt. Dunkle Felsen ragen, von schäumenden Wellenkronen umspült, aus dem

Meer. Hinter den Palmen liegt ein dicht bewachsener Abschnitt, in den kleine Wege führen. Aus dem dichten Buschwerk dringt das melodische Pfeifen eines Vogels, was sie gedanklich auf lange Spaziergänge führt.

Außer Theresa sind nur wenige Besucher am Strand, und so setzt sie sich unter eine Palme und beobachtet die flinken Krabben am Ufer, die vor den kreischenden Möwen in ihre kleinen Höhlen im Sand flüchten. Theresa geht auf das Meer zu, bis ihr der Sand zu heiß wird. Sie rennt die wenigen Meter in die Wellen und kühlt die Beine im Wasser. Im groben Sand kann sie den Sog spüren, der ihr den Sand unter den Füßen wegspült.

Sie bückt sich, benetzt die Hände mit Wasser und streicht sie über das Gesicht. Es schmeckt nach Salz. Sie geht am Saum des Strands entlang. Das Brechen der Wellen erfüllt die Luft, begleitet vom Geschrei der Möwen. Im Augenblick gibt es keine anderen Gerüche, keine anderen visuellen Eindrücke, nur die salzgetränkte Luft aus dem Meer. Sie ist vollkommen davon umfangen, fühlt sich klein wie die Muscheln, die in der Brandung tanzen. Sie läuft weiter, bleibt hier und da stehen, um eine der blanken Muscheln aufzuheben. Zufrieden über die reichen Sinneseindrücke läuft sie zurück an den Palmenhain. Ihr argwöhnischer Blick in das Kronendach beruhigt sie, die meisten Palmen tragen keine Früchte. Sie hat Zeit, das Abendessen beginnt in einer knappen Stunde. So genießt sie die Sonne auf ihren Beinen und den warmen Sand im Schatten.

Theresa sitzt bereits am Tisch, als die Mädchen ankommen und entgegen ihrer sonst so quirligen Art, ruhig und still ihre Plätze einnehmen. Sie will soeben fragen, was sie am Nachmittag unternommen haben, da erscheint Alex – ohne Martha. Er grüßt nicht, setzt sich nur stumm. Dann sieht er seine Mutter mit ernstem Gesicht an. Die beiden Mädchen fragen, ob sie zur Mama dürfen, und entfernen sich, nachdem der Vater nickt.

»Was ist los, Alex, du machst einen abwesenden Eindruck. Wo ist Martha? Habt ihr euch erneut gestritten?«

»Nein, Mutter, sie ist auf dem Zimmer geblieben und hängt noch am Telefon«, gibt er missgelaunt zur Antwort und sieht sie dabei nicht an. »Es gibt leider keine guten Nachrichten. Marthas Vater, Hermann ist mit Herzinfarkt ins Hospital eingeliefert worden. Es sieht nicht gut aus. Martha versucht, ihre Mutter zu beruhigen. Sie möchte so schnell wie möglich zurück nach Deutschland, daher werden wir vier sehr früh am Morgen zum Flughafen aufbrechen.« Er macht eine Pause und wartet die Reaktion der Mutter ab.

Theresa ahnt nach dieser Ankündigung sofort, dass hier etwas ohne sie laufen soll. Vier bedeutet vier, nicht fünf, also wollen sie ohne sie abreisen! Theresas Körper ist stocksteif geworden, aber sie verzieht keine Miene, hält ihre Bestürzung wie in einen Safe verborgen. Sie hat seit der Auskunft des Reisebüros ihren Instinkt und den Zweifel am Wahrheitsgehalt der Aussagen ihres Sohnes nicht außer Kraft setzen können. Jetzt, in diesem Moment, bricht er mit neuer Vehemenz in ihr Bewusstsein.

Allzu oft hat sie die Gedanken verdrängt, mit welcher Lüge oder Begründung der Sohn sie wohl zurücklassen würde. In diesem Augenblick fühlt sie den Boden unter ihren Füßen schwanken, sieht das sinkende Schiff, das in den Träumen so oft mit ihr unterging und vor dem sie panische Angst hatte. Der Grund für die Abreise ihrer Familie scheint ihr äußerst suspekt. Doch sie kann nicht glauben, dass er sie so hintergeht, dass er so dreist eine Reise nach Thailand ausgewählt hat, um die eigene Mutter loszuwerden! Was der Sohn nun an schönen oder tröstlich gemeinten Worten für sie findet, dringt aus so weiter Ferne zu ihr, wie die Spitze des Funkturms von ihrem Wohnort in Friedrichshagen entfernt ist.

»Sieh mal, Mutter«, versucht er zu beschwichtigen, »die Situation ist nun mal nicht zu ändern. Für dich bleibt ja noch eine Woche Aufenthalt und du bist hier bestens versorgt. Das Personal spricht deutsch oder englisch, und du bekommst beinahe jeden Wunsch erfüllt. In zehn Tagen bin ich zurück, versprochen, dann erledige ich das Geschäftliche, und anschließend fliegen wir gemeinsam nach Berlin zurück.«

Theresas Antwort zu Alex' Erklärung ist sonderbar ruhig. Sie sieht für den Augenblick keine Möglichkeit das Unvermeidliche abzuwenden.

»Ja, wenn du meinst, dass es besser für mich ist, dann bleibe ich die acht Tage noch hier.«

Sogleich ist sie wütend über sich und ihre, zwar widerstrebende, Zustimmung. Warum hat sie ihm nicht ins Gesicht geschleudert, dass *sieben* Tage eine Woche sind, nicht *zehn*, und dass sie schon lange einen Verdacht hegt. Stattdessen bleibt sie äußerlich ruhig. – Andererseits weiß sie auch nicht verlässlich, wie es um die Gesundheit von Marthas Vater steht und ob er wirklich mit einem Infarkt in die Klinik eingeliefert wurde. Innerlich hellwach fällt ihr aber ein, wie sie auf Anhieb eine Auskunft darüber erlangen kann. *»Hellen, Berlin«*, sinniert sie blitzartig, *»der Notnagel für die Recherche unklarer Vorfälle.«*

Die Mädchen kommen ohne ihre Mutter in das Restaurant zurück. Dieser Umstand überrascht Theresa nun doch. Auf ihre Frage nach der Mutter behaupten die beiden Kinder, die Mama wäre nicht in der Lage, etwas zu essen, und bleibe im Zimmer. Theresa wird das Gefühl nicht los, dass ihre Schwiegertochter mit Absicht das Zimmer hütet, um ihr aus dem Weg zu gehen. Aber warum??

Alex geht an das Buffet, Theresa folgt mit den Mädchen. Heute nimmt sie von den angebotenen Speisen nur den gebratenen Reis und Hähnchen, stellt aber auf dem Weg zum Tisch fest, dass ihr Appetit gänzlich verflogen ist. Als sie Platz nimmt, beobachtet sie Alex, der in der Nähe des Ausgangs im Gespräch mit dem Manager vertieft ist. Ihr Essen auf dem Teller bleibt unberührt. Nach einer Weile kommt der Sohn ohne Essen zurück.

»Na, Mutter«, seine Stimme klingt wieder ganz geschäftsmäßig, »auch dir scheint das Essen nicht zu schmecken«, und überspielt die angespannte Lage. Mit einem tiefen Seufzer lässt er sich gegenüber Theresa in den Stuhl fallen. »Mir selbst ist das Ganze auf den Magen geschlagen. – Ich hatte gerade Gelegenheit, mit dem Hotelmanager zu sprechen, er tritt von weiteren Forderungen wegen der verfrühten Abreise zurück. Auch dein Aufenthalt ist damit geklärt. Er wird für morgen etwas Schriftliches vorbereiten, das du anstatt meiner unterzeichnen kannst. Also, Mutter, ich gehe ins Zimmer, um nach Martha zu sehen, und verabschiede mich für heute. Wir fahren morgen sehr früh ab, aber ich klopfe noch an deine Tür. Dass du es nur weißt, auf uns warten keine schönen Tage in Berlin. Wenigstens soll dein Aufenthalt so angenehm wie möglich verlaufen. Bis dann, Mutter, und lass es dir gut gehen. Die Kinder können noch bleiben, aber nicht zu lange. Bitte begleite sie nach dem Essen in ihre Zimmer.«

Theresa hat ihrem Sohn teilnahmslos zugehört, sie weiß selbst nicht, woher sie die Kraft nimmt, die Situation ohne emotionalen Ausbruch zu überstehen. Ihre Verabschiedung von Alex fällt aber kühl und kurz aus. Dass Martha sich nicht mehr blicken lässt, tut ihr in der Seele weh, sie gibt jedoch Alex Genesungswünsche für den Vater mit. Als Alex sie ohne weitere Worte zurücklässt, muntern die unbedarften Mädchen ihre Omi auf. Euphorisch erzählen sie von schönen seltenen Muscheln am Strand, und wie viele davon in den Koffern nach Hause mitkommen. In der Lobby spielen sie noch eine Runde Mensch-ärgere-dich-nicht, bis es für die beiden an der Zeit ist, auf ihr Zimmer zu gehen. Fröhlich plappernd, die Hände der Oma gefasst, laufen die drei die Flure entlang. Vor dem Zimmer nehmen sie die Oma noch mal in die Arme.

»Ich wünsche euch eine gute Heimreise, seid lieb zu eurer Mami, sie hat schwere Tage vor sich.«

Dass die Tage für sie selbst noch aufregender werden sollen, ahnt sie zu diesem Augenblick noch nicht.

Irgendwann am Morgen wacht sie vom Klopfen an der Tür auf. Theresa ist sofort hellwach, rührt sich jedoch nicht. Das Klopfen wiederholt sich, dann ist Stille. Aufgebracht von der Gegenwart des Sohnes an der Tür und seinem Abschiedsversuch, findet sie nicht mehr in den Schlaf.

VII
Die Residenz

Nach der Abreise der Kinder steht Theresa am
Morgen im Badezimmer und sieht im Spiegel ihr
unausgeschlafenes Gesicht mit dicken Rändern
unter den Augen. Die unabwendbare Tatsache,
dass sie hier alleine zurückgeblieben ist, hat sie
die Nacht über eingeholt und nicht mehr losge-
lassen. Sie nimmt eine kalte Dusche und geht in
den Frühstücksraum. Sie hat den Eindruck, dass
es spät ist, denn es ist nur noch ein Tisch frei, an
den sie sich setzt. An den anderen Tischen sind
viele ältere Gäste, die teilnahmslos und ohne
sich zu unterhalten ihre Speisen einnehmen. Es
gibt zehn Tische im Raum, alle in dunklem
Teakholz mit orangerotem Geflecht. Die Kas-
settendecke über ihr ist mit bunten Fabelfiguren,
schlangenförmigen Drachen ausgemalt, manche
haben furchteinflößende Körper. Am Buffet
hantieren zwei junge Thailänderinnen, sie sehen
ab und an interessiert zu ihr herüber. Als sie jedoch das Buffet ansteuert, machen die Mädchen

eine eindeutige Geste, damit sie am Tisch bleibt, bis sie servieren. Da ihr die Gepflogenheiten des Hotels noch nicht bekannt sind, wartet sie ab, bis eines der Mädchen mit reichlich Obst, Marmelade und länglichen Brötchen an den Tisch kommt.

»Guten Morgen, Miss Janter.« Die zierliche Angestellte verbeugt sich nach Thai-Art und faltet die Hände zum Wai. »Ich bin Yen, ich werde Sie die nächste Zeit betreuen.« Ein Lächeln huscht über ihre schmalen Lippen. Ihr Deutsch ist trotz asiatischen Akzents gut verständlich.

Sie ist wie viele Frauen, denen Theresa bisher begegnet ist, von kleinem Wuchs und trägt langes schwarzes Haar bis zur Hüfte. Dass sie ihren Namen nicht richtig ausspricht, machte Theresa wenig aus. Viele Thailänder verknüpfen die Konsonanten und deutschen Silben mit einem L oder J. Die Frage von Yen holt sie aus den Gedanken zurück.

»Möchten Sie Tee oder Kaffee, Miss Janter?«

»Danke, Yen, ich möchte Tee«, antwortet sie ebenso freundlich.

Sie bekommt den Tee in einer bunten Schale serviert. Gleichzeitig betritt eine Frau den Raum und kommt gezielt auf ihren Tisch zu. Das Alter der Dame schätzt Theresa ähnlich ihrem ein, vielleicht etwas jünger. Sie trägt mit Grazie ein langes Kleid der bunten Thai-Mode, das hochgeschlossen am Hals endet. Das Gesicht ist braun gebrannt. Lediglich im kurz gehaltenen Haarschnitt treten ergraute Strähnen hervor. Die Körpergröße lässt eine europäische Abstammung vermuten.

»Ah, ich sehe, wir haben Zuwachs bekommen«, begrüßt sie Theresa in reinstem Oxford-Englisch. »Schön, dass Sie meinen Tisch ausgewählt haben, so bin ich während der Mahlzeiten in guter Gesellschaft. Verzeihung, ich habe mich noch nicht vorgestellt. Mary Milfort. Ich komme aus dem Norden Schottlands, den Highlands. Ich hoffe, Sie verstehen meine Sprache?«

Theresa ist vom klaren Sprachausdruck überrascht, stellt sich ihrerseits vor, und hat gegen die neue Tischnachbarin aus den Highlands keinerlei Einwände. So kann sie ihr aufpoliertes Englisch anwenden.

»Theresa Kanter, ich komme ebenfalls aus dem Norden, allerdings dem Norden Deutschlands. Ich hoffe, das stört Sie nicht.« Sie ist sich bewusst, dass so mancher aus ihrer Generation seine Kriegserlebnisse mit deutschen Besatzern noch nicht überwunden hat.

»Nein, nein, im Gegenteil, es ist mir angenehm. Ich hege keine Ressentiments gegenüber Ihrem Land. Sie sprechen ja ausgezeichnet meine Sprache. Meine Eltern stammen aus dem Süden Australiens und sind 1950 mit mir als kleines Mädchen nach Schottland ausgewandert. Daher besitze ich auch den australischen Pass.

Ich sehe schon, wir verstehen uns. Aber bei meinem Gerede ist Ihr Tee kalt geworden. Ich bestelle für uns beide neuen, ich trinke auch welchen.«

Als frischer Tee an den Tisch kommt, wenden sie sich dem Frühstück zu. Mary nimmt das Gespräch wieder auf.

»Was verschlägt dich hierher, Theresa. Entschuldige, das ich dich beim Vornamen anspreche, es erleichtert die Unterhaltung.« Sie bedankt sich höflich, als Theresa nickt, und mischt ihren Tee überraschenderweise nicht mit Milch.

»Um deine Frage zu beantworten. Ich verbrachte mit meinem Sohn und seiner Familie zwei Wochen Urlaub in Thailand, bis sie verfrüht abreisten. Mein Sohn hatte geschäftlich hier zu tun, und diese Reise haben sie mir geschenkt. Gestern am Nachmittag sind wir hier angekommen und heute Morgen mussten sie wegen einer Erkrankung des Vaters meiner Schwiegertochter abreisen. – Wie lange bist du bereits hier im Hotel, Mary?«

Mary schaute Theresa aus dunklen großen Augen konsterniert an, dann klärt sie mit mütterlicher Fürsorge die Tischnachbarin auf.

»Oh, liebe Theresa, da muss ich dich leider ein wenig korrigieren. Das Hotel, wie du es nennst, hat den Status einer Residenz für Langzeitaufenthalte und beherbergt vorwiegend ältere Menschen. Wenn du dich umsiehst, kannst du es feststellen. Ich bin nun das zweite Jahr hier, fühle mich aber sehr wohl. Allerdings kam ich freiwillig hierher. Nun zu deiner Geschichte: Du scheinst das Wort ›angeblich‹ angedeutet zu haben, und das macht mich stutzig. Ich kenne noch zwei Fälle hier im Haus, in denen Familienangehörige die ›Alten‹, verzeih den Ausdruck, abgeschoben haben. Hast du denn schon ein Formular der Residenz unterschrieben?«

Unsicher geworden verneint Theresa.

»Unterschrieben habe ich noch nichts. Nur«, sie schluckt, »es tut sehr weh, wenn so etwas eintrifft, was man als Mutter nicht wahrhaben will. Auch wenn ich nicht unvorbereitet hierherkam, den Plan der Familie die ganze Zeit über ahnte, hielt ich es jedoch nicht für möglich. Ich fühle mich überrumpelt und verraten.«

»Das ist unwiderlegbar und niederträchtig, Theresa, dieses Gefühl kenne ich zur Genüge. Aber davon reden wir an einem anderen Tag. Wenn dir der Manager ein Formular zur Unterschrift vorlegt, zeig es mir zuvor, ich kenne mich darin aus. Jedenfalls freue ich mich, dass wir uns kennengelernt haben, gemeinsam lässt sich die Situation leichter ertragen. Ich habe einen Vorschlag. Begleite mich doch zu einem Bummel in die Stadt, ein wenig shoppen lenkt von den Problemen ab. Dabei kannst du das quirlige Leben der Thais kennenlernen und musst den ersten Tag nicht alleine verbringen. So gegen zwei, ist dir das recht?«

Theresa ist von dem Vorschlag völlig überrascht, aber als sie in die unternehmungslustigen Augen von Mary blickt, teilt sie deren Idee. Sie trennen sich mit einer Umarmung. Theresa ist froh, eine Verbündete im Haus gefunden zu haben.

Nach dem Frühstück überkommt sie das Bedürfnis, die Wege im Garten abzulaufen. Sie hält an jedem der üppig blühenden Beete und bestaunt die verführerisch duftenden Calla-Pflanzen mit ihren purpurorangeroten Blüten. Sie liebt diese Blume, die hier so zahlreich in den Gärten steht, aber bei ihr zu Hause mit aller Mühe vielleicht eine oder zwei Blüten hervorbringt. Unversehens ist sie am Strand angelangt, es räkeln sich nur wenige Gäste in der Sonne und auf den verstreut stehenden Liegen. Das Gespräch mit Mary an diesem Morgen begleitet sie die ganze Zeit und lässt nun ihre Vorahnung wie die üppigen Blüten wuchern. Noch hat sie die Worte von Alex am gestrigen Tag im Ohr: *»Ich komme in zehn Tagen zurück, Mutter!«* Steckt hinter dem überstürzten Aufbruch vielleicht doch mehr? Während sie darüber nachdenkt, folgt sie dem Weg in ein dichtes Buschwerk mit riesigen Palmen, und erinnert sich an die gestrige Entdeckung eines Weges.

Sie findet die Lücke zwischen dem Busch-werk und läuft neugierig den ausgetretenen Pfad in das Dickicht hinein, dessen Ende irgendwo hinter dem mannshoch aufragenden grünen Blätterwerk liegen muss. Durch das dichte Kronendach der Palmen fällt nur wenig Sonnenlicht, so umgibt eine angenehme Kühle den Weg. Sie stolpert über Wurzelwerk und Äste, die in den Weg hineinragen. Plötzlich führt eine Biegung zum Ende des Buschwerks, das sich zu einer kreisförmigen Lichtung öffnet. Der Boden ist sandig und die trockenen Blätter unter ihren Schuhen knistern leise. Theresa bleibt stehen, um das Bild von der Mitte aus aufzunehmen. Keine zehn Meter vor ihr steht ein mit hellen Steinen aufgeschichteter Halbkreis, ähnlich einem kleinen Altar, vor dem anmutig eine zierliche Frau kniet. In den gefalteten Händen hält sie rauchende Stäbchen, die sie mehrmals an die Stirn drückt und sich tief verbeugt. Der leichte Wind vom Meer, der sanft über die Lichtung streicht, lässt die Spitzen der Stäbchen glühen und den aufsteigenden Rauch über der Frau verwehen. Mit langsamen Bewegungen steckt sie die Stäbchen in ein Gefäß und verneigt sich erneut, wobei die Lippen ein Gebet murmeln. Langsam führt sie ihre Handflächen kreisförmig um das Gefäß und verstreut die Blüten daraus auf dem steinigen Halbkreis. Das helle Pfeifen eines Vogels dringt aus dem Buschwerk, sonst ist kein Laut auf der Lichtung zu vernehmen.

Langsam richtet sich die Frau auf, wendet sich in Richtung Theresa und kommt mit engelhaften Schritten auf sie zu. Jetzt erkennt Theresa die schlanke Frauengestalt. Es ist Yen, die junge Frau aus der Residenz. Ihr Gesicht ist entspannt und verrät nichts über ihren Gemütszustand. Wenige Schritte vor ihr hält sie und faltet die Hände vor dem Gesicht.

»Hallo, Miss Janter. Sie haben mich ein wenig überrascht. Hier bin ich alleine, wenn ich das Grab meines Sohnes besuche und für seine Reise ins Jenseits bete.«

»Es tut mir leid, wenn ich sie dabei gestört habe, Yen. Neugierig bin ich dem Weg gefolgt und habe nicht geahnt, was ich hier vorfinde. Sie haben ihren Sohn verloren?«

Yen antworte nicht, sie tritt an Theresa vorbei in den Weg.

»Kommen Sie, wir gehen gemeinsam den Weg zum Strand. Dort werde ich Ihre Frage beantworten.«

Sie laufen wortlos die schmalen Windungen zurück und sind kurz darauf am Strand, wo hölzerne Liegen stehen. Yen starrt eine Weile gedankenverloren vor sich in den Sand, und Theresa wartet geduldig, bis sie bereit ist, über ihren Sohn zu reden.

»Die Erinnerung und die Sehnsucht nach meinen Sohn begleiten mich jeden Tag hierher zu seinem Grab, es ist das Einzige, was mir geblieben ist. Er war alles, was ich hatte, mein Sonnenschein. Im Palmenhain, wo wir uns begegneten, hat er seinen Ruheplatz gefunden, der gleichzeitig der Ort ist, wo er mich verlassen hat.« Sie hält einen Moment inne und senkt den Kopf, als sie fortfährt. »Er liebte es, zwischen den Palmen zu spielen oder auf ihnen herumzuklettern. An einem Nachmittag, er ist gerade acht geworden, kam er schreiend in die Residenz gelaufen und hatte Schaum vor dem Mund. Bevor er zusammenbrach, schrie er den Namen Kala Nag, Königskobra. Sie hatte ihm auf der Lichtung in den Arm gebissen. Niemals, solange sich die Alten zurückerinnerten, ist diese Gattung hier gesehen worden. So schnell es ging, fuhr der Manager meinen Sohn ins Krankenhaus. Währenddessen lief Thang mit einem Fangstock an die Stelle in der Lichtung. Dort lag noch ihr schwarz glänzender Körper, zusammengerollt in der wärmenden Sonne. Später, als die Schlange an der Palme im Garten hing, erzählte er, wie er sie antraf. Bedrohlich zischend hatte sich ihr wiegender Körper vor ihm aufgerichtet, ihre starren Augen waren auf ihn gerichtet und das Schild unterhalb des Kopfes aufgebläht. Sie war so groß wie er selbst. Thangs Erfahrung im Umgang mit Schlangen und seine

Technik, mit dem Fangstock ihre Attacken ab-
zufangen, ließ sie bald ermüdet zusammensa-
cken und den Versuch unternehmen, sich in Sicherheit zu bringen. Thang stieß ihr schnell den
Fangstock in den Nacken. Als er die Trophäe in
die Residenz brachte, war das Tier bereits tot.
Der lang gestreckte Körper maß über drei Meter. Thang ließ den Kadaver an die Palme hängen, wo er mit großem Respekt betrachtet wurde. In der Klinik kämpften die Ärzte unterdes
zwei Tage um das Leben meines Sohnes. Aber
das Gift war stärker. Damals wollte ich mein
Leben wegwerfen, doch habe ich hier in der Residenz große Unterstützung erfahren.«

Yen schwieg, saß hoch aufgerichtet auf der
Liege und starrte teilnahmslos aufs Meer hinaus.
Theresa hatte Yen während ihrer Geschichte
nicht unterbrochen, sie wagte es nicht, Yens
Abwesenheit, in die sie geflüchtet schien, zu stö-
ren. Schließlich befreite sich Yen aus ihrer Erstarrung und sah ihre Begleiterin mit einem er-
lösten Lächeln an.

»Ich habe sehr lange Zeit nicht mehr davon
gesprochen. Jetzt fällt es mir leichter, an ihn zu
denken. Danke, dass Sie mir zugehört haben,
Miss Janter. Ich begleite Sie noch in die Residenz.«

VIII
Mai Tai

Theresa, äußerst beeindruckt von der tragischen Erzählung Yens, sucht ihr Zimmer auf, um für das Treffen mit Mary die Kleider zu wechseln. Auf dem Tisch liegt eine Nachricht in Form eines Telex' sowie einige Blätter eines Vertrages. Das Telex kommt von Alex und die knappe Nachricht enthält nur wenige Worte: *»Sind gut angekommen, Gruß Alex.«*

Während sie noch überlegt, ob sie ein Kleid oder eine Hose auswählen soll, klopft es an der Tür. Mit einer Tasche über der Schulter steht Mary geschminkt für den Ausflug davor.

»Hallo, Theresa, ich wollte nur Bescheid geben, dass ich bereit bin, um die Stadt mit dir zu erobern. Ich warte in der Lobby. Denke an eine Tasche, die du umhängen und verschließen kannst. Es wird sehr viel gestohlen hier.«

»Gut, Mary, ich bin gleich fertig. Ach, noch etwas, du hattest angeboten, falls mir etwas zur Unterschrift vorgelegt wird, mir bei der Überprüfung behilflich zu sein. Heute lag dieses Papier auf dem Tisch. Kannst du es durchsehen, bis ich nach unten komme?«

Mary erklärt sich bereit und wartet auf Theresa. Dann machen sich beide auf ihre Erkundungstour. Vor der Residenz winken sie eines der vorbeikommenden Taxis heran, das sie in die Stadt fährt. Während der Fahrt spricht Mary vom Vertrag, den sie inzwischen überflogen hat.

»Soweit ich es überblicke, ist es ein Standardvertrag, der deinen Aufenthalt hier regelt. Aber etwas ist mir aufgefallen im Kleingedruckten. Dort steht, dass der Vertrag auf unbestimmte Zeit läuft und die Bezahlung über ein Konto in Deutschland geregelt wird. Bevor du unterzeichnest, kläre doch mal ab, wer dahinter steckt.« Theresa überrascht die Information Marys nicht sonderlich, kann sie sich doch denken, wer der Auftraggeber ist.

Am Beginn der Einkaufsmeile verlassen sie das Taxi und mischen sich in den lebhaften Verkehr unter die Fußgänger. Theresa ist überrascht, wie viele Menschen durch die Straßen wandeln, unaufhörlich verschaffen sich hupende Motorroller Platz. Mary kennt die Situation und scheint nicht besonders beeindruckt. Sie läuft geradewegs auf ein Gebäude mit bunter Leuchtreklame zu.

Es ist eines der moderneren Cafés, die das Bild der Straße prägen und die um diese Zeit gut besucht sind. Sie haben Glück und finden Platz an der offenen Fensterreihe. Für Theresa ist die Dynamik und Lautstärke im Lokal und der offene Zugang zur Straße sehr bedrängend. Sie vergleicht diesen Tumult mit dem verkehrsreichen Kurfürstendamm, der geordnet abläuft und in Bezug auf die Lautstärke, den Thais weit hinterherhinkt. Sie bestellen sich ein thailändisches Getränk, dazu kleines süßes Gebäck. Das Lokal ist von vielen jungen Leuten besucht, die aufgeregt durcheinander reden und noch mehr gestikulieren. Mary erzählt, dass die ursprünglichen alten Thailokale in der Innenstadt immer mehr in die Außenbezirke verdrängt werden, da sie die hohen Mieten nicht bezahlen können. Auch hier hinterlässt der Tourismus seine Spuren.

»Ich mache dir einen Vorschlag, Theresa. Wir nehmen in Ruhe unser Getränk und schlendern anschließend die Main Street hinunter und entern ein großes Shopping-Center. Dort kenne ich einen ansprechenden Juwelier, dem du bei der Arbeit über die Schulter blicken kannst. Sein Spezialgebiet sind Ringe. Nach diesem anstrengenden Teil, entführe ich dich in ein reizendes Thailokal, dessen Besuch einfach Pflicht ist. Was meinst du dazu?«

Theresa stimmt zu und ist sehr froh, dass Mary den Nachmittag mit ihr verbringt. Die pulsierende Stadt, die aufgeweckte Mary, all das lässt die unangenehme Entwicklung um ihren

Aufenthalt in den Hintergrund treten. Mary erzählt unterdessen von ihren Erlebnissen in Thailand. Anfangs sei es ihr ebenso schwer gefallen, sich an die fremdartige Kultur zu gewöhnen. Aber das Klima, die Freundlichkeit und Unterstützung der Thai-Frauen hätten ihr die Eingewöhnung ungemein erleichtert, die Trennung von der Familie und von Europa.

»Bist du noch verheiratet, Theresa«, fragt sie unvermittelt.

»Nein, seit zehn Jahren bin ich Witwe und seither alleine geblieben. In dieser Zeit habe ich festgestellt, je länger der Zustand anhält, desto schwieriger wird es, einen geeigneten Partner zu finden. Meine Unabhängigkeit, dazu noch in Berlin, erlaubt es mir, darüber hinwegzusehen. Glaube mir, es mangelt nicht an Gelegenheiten, aber meine Erfahrungen waren allesamt negativ. Entweder suchen die Männer wesentlich jüngere Frauen oder sie brauchen eigentlich eine Pflegekraft.«

»Oh, ja, meine Liebe, Ähnliches habe ich auch erlebt. Erst vergangene Woche mit Harry, einen Waliser. Es gelang ihm, mich zu täuschen, bis ich zufällig dahinterkam, dass sein Äußeres nur Fassade war und er sich mit Gelegenheitsjobs über Wasser hält. Als ich erfuhr, dass er täglich einen Haufen Medikamente benötigt, um seine Herzinsuffizienz stabil zu halten, war bei mir das Ende der Fahnenstange erreicht. Aber aufgeben kommt nicht in Frage, dazu fühle ich mich noch zu jung.«

Sie lachen beide, bezahlen und drängen in die belebte Main Street zwischen die dahineilenden Menschen.

Nach einigen Ladenvisiten haben sie die turbulente und volle Hauptstraße satt und biegen in eine Seitenstraße ab, die ebenfalls zur Mall führt. Als sie das Drehkreuz am Eingang des modernen Gebäudes passieren, herrscht darin nicht nur ein angenehmes Klima, auch der Geräuschpegel gegenüber der Straße ist geradezu wohltuend. Der makellos glänzende Steinboden der Vorhalle spiegelt das einfallende Licht von einer Glaskuppel. Es fällt auf künstliche Palmen, deren Schatten in einem kreisrunden Feld mit Ornamenten aus Blüten enden. Die Besucher legen ihre Eile beim Betreten der Mall ab, bestaunen die Lichtspiele, die üppige Pflanzensammlung und die Glitzerwelt in den reihum angeordneten Geschäften. Alles lädt hier zum Flanieren ein. Mary führt Theresa über eine breite Rolltreppe nach oben, wo es von Interieurs und ausgestellten Schmuckstücken in Glasvitrinen nur so funkelt. Ein Geschäft übertrifft das andere mit seinem Geschmeide. Alle europäischen und amerikanischen Marken geben sich hier ein Stelldichein. Etwas abseits, in eine Ecke gedrückt und weniger aufwendig, bleibt Mary vor einem Juweliergeschäft stehen. Die Glasvitrinen sind stilvoll mit Gold- und Silberringen ausgelegt, nach Größe geordnet. Die filigranen Äste einer Fächerkoralle sind bestückt mit einer Unzahl von Perlenketten. Besonders die vielen Ringe sprechen Theresa an. *»Eine gute Gelegenheit, sich einen Handgefertigten auszusuchen«,* denkt Theresa und sucht nach einer besonderen Form. Mary signalisiert ihr, dass die Preise verhandelbar sind.

Der Mann hinter der Theke, das lange weiße Haar trägt er mit einem schwarzen Tuch im Nacken gebunden, würde einem Piraten alle Ehre machen. Er begrüßt die Frauen nach Landesart. Theresas suchende Blicke über seine Handarbeiten scheinen dem Mann nicht entgangen zu sein. Bereitwillig öffnet er einige Vitrinen und stellt die Schönheiten vor den beiden auf das Pult. Ein besonders ausgefallener Ring in Gold, mit einem in der Mitte herausgearbeiteten geschwungenen makellos glänzenden Flügel, weckt das Interesse Theresas. Überraschenderweise passt er genau auf ihren Finger. Theresa betrachtet den auffälligen Ring. Sie sucht in den Augen des Mannes nach dessen Zustimmung und erkennt zugleich in der Tiefe der blaugrauen Iris seine Lebenserfahrung. Da ist sie sich sicher, dass sie sich über den Preis einig werden. Ohne dass sie es anspricht, streift der Mann den Ring von ihrem Finger, legt ihn auf eine Waage und gibt den Wert in den Taschenrechner ein. Er tippt noch einige Tasten, dann dreht er das Display zu Theresa, damit sie den Preis ablesen kann. Den Wert, den sie in Dollar als große Ziffern sieht, glaubt sie kaum. Der Mann will dreihundert Dollar, er hat ihr lediglich den Goldgehalt des Ringes berechnet. Theresa ist klug genug, um ihrerseits in den Handel einzusteigen. Sie prüft erneut die Augen des Mannes und findet ein kaum zu bemerkendes Erkennen und das Zugeständnis zum Handeln. Der Ring liegt noch auf der Waage, während er, ohne aufzusehen, den Betrag korrigiert und in den Rechner eintippt. Der Preis, den er ihr entgegenhält, ist auf zweihundertdreißig Dollar gesunken.

Jetzt ist der Blick Theresas frei und ihre Augen signalisieren Zustimmung. Der Mann nickt, lässt den Ring in ein Säckchen gleiten, und der Kauf ist wortlos beschlossen und besiegelt. Sie bezahlt mit ihrer Kreditkarte. Während dieser Zeit stand Mary neben ihnen und folgte den Blicken der wortlosen Verhandlung zwischen den beiden. Der Mann gibt ihr zum Abschied die Hand und sein Lächeln ist ebenso freundlich und unergründlich, wie es beim Betreten des Geschäftes gewesen war.

»Ich bin sprachlos«, staunt Mary, als sie vor dem Laden stehen. »Wie ist es möglich, dass du den Kauf ohne ein Wort zu sprechen, abgehandelt hast?«

»Ja, liebe Mary, dafür gab es unsere Augen, mit ihnen haben wir gesprochen«, antwortet Theresa belustigt und hakt sich bei ihr unter.

Als sie die Mall verlassen und wieder in die belebte Hauptstraße einbiegen, trägt Mary bereits ihre neue Brille.

»Komm, wir besuchen das Lokal, von dem ich dir erzählt habe. Mein Mund ist wie ausgetrocknet«, meint sie voller Vorfreude auf einen Drink und zieht Theresa in eine Gasse hinein. Nach einigen Ausweichmanövern verlassen sie die belebte Straße und halten in einer Nebenstraße an einem recht unscheinbaren Gebäude mit dunklen Kacheln an der Fassade. Wäre nicht das auffällige Schild über dem Eingang gewesen, würde nichts auf ein Lokal hindeuten. »Dessert Inn« leuchtet in goldgelben Buchstaben die Reklame herunter. Ein höflich grinsender Mann am Eingang öffnet den beiden aufmerksam die Tür.

Gedämpfte Musik empfängt sie, die indirekte Beleuchtung von der Decke spendet diffuses Licht. Sie stehen vor einer langen Bar mit vielen leeren Hockern aus Bambusgeflecht. Ein wahres Glanzstück des Lokals ist die Theke, die von drei riesigen roten Zylindern ausgeleuchtet wird. In der Spiegelwand dahinter funkeln endlose Reihen blanker Gläser. Der Barkeeper schaufelt Eisstücke in den Cocktailshaker. Er hat sein langes schwarzes Haar über die abstehenden Ohren

frisiert, frappant schimmern zwei Ringe in seinen Ohrläppchen durch. Der einzige Gast an
der Bar wendet sein Interesse den Frauen an der
Tür zu, die sich noch in dem Raum orientieren.
Seine Blicke tasten die Frauen ab, als suche er
nach irgendwelchen Details, dann wendet er sich
ohne erkennbare Regung wieder seinem Cocktail zu. Mary strebt in Richtung Bar, Theresa
folgt ihr. Sie deutet auf den Barhocker neben
dem Mann und setzt sich. Zwischen Mary und
dem Mann ist noch ein Platz frei, den sie nun
zögernd einnimmt. Die Situation im Lokal ist
für sie ungewöhnlich und fremd, lange muss sie
zurückdenken, wann und wo sie mal ein derartiges Lokal in Berlin aufgesucht hat. – Als vor etwa dreißig Jahren diese Etablissements in Mode
kamen, hatten sie ein paar Mal an einer Eröff-
nung teilgenommen, weil Alex die Eltern dazu
animiert hatte.

Der Mann neben ihr nickt freundlich und
Theresa grüßt ebenso höflich zurück. Ein prüfender Blick in sein Gesicht lenkt ihre Aufmerksamkeit für einen Moment auf seine Falten um
die Augen. Er verzieht keine Miene, dennoch
liegt ein Lächeln darin, das ihr vertraut erscheint
und das sie aus einer anderen Zeit zu kennen
meint. Unsicher darüber, weshalb sie wenige Se-
kunden an seinem Gesicht hängenblieb, fühlt
Theresa eine aufsteigende Röte im Gesicht und
wendet sich schnell Mary zu. Doch dem Mann

ist ihr prüfender Blick nicht entgangen. Der Keeper fragt nach ihren Getränkewünschen. Theresa ist sich unschlüssig, blickt auf den Cocktail ihres Nachbarn und deutet darauf. Der junge Mann nickt und greift nach dem Shaker. Beinahe belehrend vernimmt sie die Stimme des Mannes neben sich.

»Das, meine Dame, ist ein Mai Tai. Aber Vorsicht, der hat es in sich«, bemerkt er beiläufig.

Sein Blick streift Theresas Gesicht und für einen Moment ist auch er verunsichert. Er spricht deutsch, vermutlich hat er geahnt, dass er damit richtig liegt. Als jedoch Mary antwortet und die Wirkung des Getränks in Englisch kommentiert, wechselt sein Blick zwischen den beiden, als suche er nach einer Erklärung für seine Fehleinschätzung. Englisch hatte er nicht erwartet, dafür ist seine Antwort an Mary makellos. Theresa hat sich zurückgehalten, verwirrt den Mann allerdings erneut, als sie in seiner Muttersprache das Gespräch aufnimmt.

»Verzeihung, es lag nicht in unserer Absicht, Sie sprachlich zu irritieren. Mary ist Schottin und, wie Sie hören, bin ich Deutsche. Sie kommen ebenfalls aus meinem Land?«, fragt sie neugierig.

»Da liegen Sie richtig. Lassen Sie mich raten. Dem Dialekt nach sind Sie Berlinerin.«

Theresa nickt.

»Ich komme aus der Nähe Frankfurts.«

Der Barkeeper stellt die Cocktails vor den Damen ab. Theresa übermittelt Mary den Wortwechsel. Dann nehmen sie das Mixgetränk und prosten sich zu. Theresa bemerkt sehr schnell den Alkoholgehalt des Getränks. Der Mann neben ihr wirkt unbeteiligt. Sie nutzt die Gelegenheit, das durchaus attraktive Äußere des Mannes genauer zu betrachten. Seine Größe kann sie schlecht einschätzen, da er auf dem Barhocker sitzt. Sein Alter schätzt sie auf gute Sechzig, obwohl er jünger wirkt. Vielleicht liegt es an den grauen Haaren, die er im Nacken à la Lagerfeld mit einem Band zusammenhält, und die seinem gebräunten Gesicht smarte Züge verleihen. Vermutlich hält er sich bereits längere Zeit in Thailand auf. Der kurz gehaltene Vollbart ist makellos geschnitten, ebenfalls ergraut und erinnert sie an einen Country-Sänger, dessen Name ihr nicht einfällt. Sein buntes Thai-Hemd hängt lässig über der Hose. An den Augen bleibt Theresa erneut hängen und kann sich der Betrachtung kaum entziehen. Wie ein Blitz fällt es ihr dann ein: Es sind die gleichen Augen mit den ähnlichen Falten, die sie an ihrem verstorbenen Mann so geliebt hat. Der Beobachtete registriert die Blicke seiner Nachbarin und hält das Gespräch in Gang.

»Ich sollte mich vorstellen«, beginnt er etwas förmlich. »Albert Martens. Mit wem habe ich die Ehre?«

Theresa durchfährt es wie ein Stromstoß. *»Albert! Wie mein Mann! Ob das ein Omen ist? »*, fragt sie sich. Als ihrer beiden Hände ein wenig länger ineinander ruhen, sucht sie in den Augen ihres Gegenübers nach ersten Anzeichen von Vertrautheit.

»Theresa Kanter, meine Nachbarin ist Mary Milfort.« Mary hat verstanden und reicht dem Mann die Hand hinter dem Rücken Theresas.

Die Unterhaltung im Lokal ist lebhafter geworden, denn eine plaudernde Gruppe Engländer ist eingetroffen und besetzt die freien Barhocker neben Mary. Vor allem weckt das Getränk in den auffälligen Gläsern die Neugier der Neuankömmlinge. Die überwiegend jungen Leute sind, wie sich später herausstellt, zwei Tage zuvor aus Liverpool angereist. Terry, ein fünfzigjähriger Walliser, sitzt direkt neben Mary. Er verwickelt sie nach dem ersten Wortwechsel über den Mai Tai in ein längeres Gespräch. Für Theresa tritt zwangsweise eine Pause ein, sie nützt die Möglichkeit, die Gäste zu mustern. Eine hellrote Ledersitzgruppe im Hintergrund fällt ihr auf, die mit Jugendlichen besetzt ist. Eine Stimme unterbricht sie bei der Beobachtung.

»Verzeihen Sie meine Neugier, Frau Kanter, verbringen Sie hier Urlaubstage oder sind Sie sogar eine der Residentinnen, wie es sie hier mittlerweile zahlreich gibt?« Albert versucht damit, den glücklichen Umstand, dass Mary sich angeregt unterhält, für sich zu nützen.

»Ja und nein«, antwortet Theresa und ist froh, dass der souverän wirkende Mann das Gespräch in Gang hält.

Zugleich kommen ihr ihre Situation und der unfreiwillige Aufenthalt ins Gedächtnis, und es trifft sie nun mit voller Wucht. Sie hatte eigentlich nicht darüber sprechen wollen. Allerdings hat die unbeantwortet gebliebene Frage die Neugier von Albert geweckt.

»Bedeutet das, Sie haben sich noch nicht entschieden, längere Zeit hier zu verbringen? Das Land hat seine schönen Seiten, und die haben meine Entscheidung beeinflusst.« Theresa hält dem Blick von Albert stand. Sie findet darin keinen Argwohn, und beschließt, mehr von sich zu erzählen.

»Irgendwie ja, ich habe noch kein Urteil gefällt, weil ich erst wenige Tage alleine in der Stadt weile. Aber nein, ich werde sicher nicht allzu lange hierbleiben.«

Mit dieser Antwort hat sie Albert erst richtig verwirrt und seine Neugier angestachelt.

»Das müssen Sie mir erklären. Hat sich Ihr Flug verschoben?«, will er nun wissen.

Theresa sieht sich konfrontiert mit einem Thema, das sie eigentlich umgehen wollte, erkennt aber, dass sie sich selbst in die Situation manövriert hat. Ihren Mai Tai hat sie inzwischen geleert, der herbsüße Geschmack verlangt nach mehr. Gern nimmt sie die Einladung Alberts an.

»Ich sehe schon, ich habe es wieder mal verkompliziert, dabei ist es relativ einfach: Der Urlaub mit meiner Familie hat genau zehn Tage gedauert, und danach sind sie überstürzt abgereist. Dass das vermeintliche Hotel, das ich jetzt bewohne, eine Residenz für Langzeitaufenthalte ist, wusste ich nicht. Also ließen sie mich hier unfreiwillig zurück. Die ganze Geschichte ist jedoch verzwickter, als es sich anhört, doch ich will Sie nicht langweilen.«

Er legt seine Hand wie unbeabsichtigt auf die von Theresas und fordert sie auf, mehr darüber zu erzählen.

Theresa spürt die Wärme der Hand, zieht aber ihre zurück, obwohl sie es eigentlich nicht will. Sie nestelt nervös am Kragen der Bluse und versucht somit, ihre Befangenheit zu übergehen.

»Sie haben Glück, heute bin ich ein guter Zuhörer.« Er nimmt das Glas vor sich und prostet ihr zu. »Geschichten, die das Leben schreibt, sind die spannendsten, jedoch überlasse ich es Ihnen, ob Sie darüber erzählen möchten.«

»Das ist nur legitim«, meint Theresa. »Ich habe damit angefangen, also werde ich nun auch eine Antwort geben.«

Sie spricht von der Familienproblematik und ihrem Verdacht vor Antritt der Reise, und wie sehr sie jetzt im Ungewissen darüber ist, ob die Kinder sie für immer hier zurückgelassen haben. Ihrer Meinung nach, war der Herzinfarkt des Vaters vorgeschoben und eine Taktik der Schwiegertochter. Wenn sie eine Ausrede benützt hätten, wäre es ihr vielleicht leichter gefallen, aber so hänge eben alles in der Luft … Ärgerlich bricht sie das Thema ab und starrt in das Glas vor sich. Mary neben ihr unterhält sich bestens, lacht über eine Bemerkung ihres Nebenmanns, wobei ihre Stimme andere Unterhaltungen an der Bar übertönt. Albert hat Theresa nicht unterbrochen, seine Falten um die Mundwinkel zeigen Nachdenklichkeit.

»Ich kann mir gut vorstellen, wie es Ihnen geht! Es tut verdammt weh, wenn das Vertrauen, gerade gegenüber den Kindern, einen Knacks bekommt. Vielleicht klärt sich die Angelegenheit zu Ihrer Zufriedenheit, und die überstürzte Abreise hatte berechtigte Gründe.«

Theresa wollte darauf etwas erwidern, jedoch stößt Mary sie von der Seite an und drängt überraschend zum Aufbruch.

»Wir kommen zu spät in die Residenz zurück«, reagiert sie auf den erstaunten Seitenblick Theresas. »Ich habe doch nicht Bescheid gegeben, dass wir später zurück sind«, rechtfertigt sie sich.

Albert indessen hat die Absicht Marys mitbekommen und hält eine Business-Card in der Hand, die er Theresa überreicht. Flüchtig erkennt sie den Namen, eine Mobilnummer und die Adresse eines Hotels in der Stadt. Theresa ist überrascht, behält aber das Kärtchen. Er hält ein weiteres bereit und bittet sie, auf der Rückseite ihren Namen und die Handynummer zu notieren. Mary drängt zum Aufbruch. Albert ist aufgestanden und gibt beiden die Hand. Theresa kann jetzt die stattliche Größe ihres Gesprächspartners bewundern, er überragt sie fast um Kopfeshöhe. Er verspricht, in den nächsten Tagen mal anzurufen, um das Gespräch fortzuführen. Theresa nickt ihm zu, während Mary sie aus dem Lokal zieht.

Vor dem Haus erklärt Mary, dass der überstürzte Aufbruch mit der Reisegruppe zusammenhängt, besonders mit dem Typ neben ihr. Anfangs sei er sehr nett gewesen, habe dann aber plumpe Annäherungsversuche unternommen und an Mary herumgefummelt. Diese Belästigung wollte sie keinesfalls tolerieren. Theresa beruhigt die aufgebrachte Freundin und erzählt ihr über den Inhalt ihrer Unterhaltung mit Albert, in der es um ihren Aufenthalt gegangen sei. Sie erreichen die Residenz rechtzeitig und können sogar noch etwas vom Buffet ergattern. Danach trennen sie sich und jede geht in ihr Zimmer. Theresa duscht, nimmt ihr Handy und legt sich auf das Bett, ganz vom Gedanken beseelt, jetzt mit Ellen zu telefonieren.

»Ellen Rieder.« Die Stimme klingt anfangs betont sachlich. Als Theresa sich meldet, wird sie butterweich.

»Theresa, du glaubst es nicht, im Augenblick dachte ich an dich. Sag, wie geht es dir im Land des Lächelns? Ich hoffe, du hast keine schlechten Nachrichten!«

»Ja und nein, meine liebe Ellen, der Aufenthalt an sich tut mir gut. Ich freu mich, dich zu hören. Leider gibt es auch beängstigende Nachrichten. Es ist eingetroffen, was ich von Anfang befürchtet habe. Mein Sohn ist mit Frau und Kindern vor zwei Tagen abgereist und hat mich alleine zurückgelassen. Du ahnst es schon, es ist eine dieser Residenzen, in der ich gestrandet bin, die du bei unserem Treffen schalkhaft angesprochen hast.«

Es entsteht eine kleine Pause. Dann hakt Ellen nach, und Theresa erzählt haarklein von der Ankunft in der Residenz bis zur Begegnung mit Albert.

»Ich fasse es nicht, Theresa«, tröstet Ellen sie aufgebracht am anderen Ende der Leitung. »Aber das mit dem Herzinfarkt lässt sich ja nachprüfen«, spricht Ellen trotzig in das Telefon. »Gib mir mal den Namen und die Adresse von dem kranken Vater der Schwiegertochter, ich werde das morgen recherchieren. Es müsste mit dem Teufel zugehen, wenn ich es nicht genauer erfahre.«

»Das ist die alte Ellen, wie ich sie kenne, hilfsbereit und loyal«, freut sich Theresa und blättert durch ihr Notizbuch. Prompt findet sie die Daten und teilt sie ihrer Freundin mit. Das Erlebnis in der Stadt, und was sie alles in den letzten Tagen unternommen hat, scheint ihr im Augenblick weit entfernt. Theresa verspricht Ellen, keine übereilten Schritte zu unternehmen, bis sie die Nachprüfung des Wahrheitsgehalts nachgeprüft hat.

Theresa legt auf. Ihr ist etwas wohler, zumindest trägt sie nun erstaunlicherweise etwas Hoffnung in sich.

IX
Die Einladung

Theresa hat bereits ihr zweites Brötchen gegessen, als Mary eintrifft und rasch an den Tisch kommt. Sie sieht ein wenig geknickt aus, hat geschwollene Tränensäcke unter den Augen.

»Guten Morgen«, begrüßt Mary die Erstaunte. »Ich bin noch ganz durcheinander.« Plumpsend lässt sie ihr Gewicht in den Stuhl fallen. »Dieses Tai-Getränk gestern Abend hat mir nicht gut getan. Verzeih mir, aber ich kann kein Frühstück zu mir nehmen, allerhöchstens einen Tee. Du scheinst mir fit zu sein?«

Theresa kaut genüsslich am Rest des Brötchens und winkt ab.

»Ich spüre das Zeug von gestern Abend auch, aber das Frühstück hat mich wieder zurechtgerückt. Wir sollten vielleicht einen Spaziergang zum Strand unternehmen und dort etwas faulenzen? Später können wir in die Stadt. Was meinst du?«

Mary findet diesen Vorschlag sehr vernünftig und sieht sich schon prall in der Sonne am Strand liegen. Die Frauen holen ihre Badesachen und eine halbe Stunde später ruhen sie nebeneinander auf den Liegen. Eigentlich ist alles wie die Tage zuvor, und doch ist Theresa mit ihren Gedanken bei Albert, der charismatischen Bekanntschaft vom gestrigen Abend.

Melodisch klingelt das Handy in der Tasche Theresas und unterbricht das sanfte Rauschen des Wellengangs. *»Es könnte Albert sein«,* vermutet sie, erkennt jedoch eine Nummer aus Deutschland auf dem Display. Sie meldet sich und hat ihren Sohn am Apparat.

»Ich bin es, Alex, wie geht es dir, Mutter?« Seine Stimme ist leise und sehr weit entfernt. »Ich wollte mich erkundigen, ob alles in Ordnung ist.«

»Guten Tag, mein Sohn«, antwortet sie forsch und förmlich, und bedenkt Mary mit einem vielsagenden Seitenblick. »Alles ist wunderbar und es gefällt mir gut in der Residenz«, lügt sie und betont das letzte Wort besonders. »Ich habe auch Anschluss gefunden und liege gerade mit dieser Dame am Strand.«

»Gut, Mutter, lass es dir gutgehen und nimm alles in Anspruch, was dir geboten wird. Ich bin in Frankfurt und muss jetzt zurück in die Besprechung. Ich melde mich wieder.« Er verliert kein Wort darüber, wie es dem Vater von Martha geht, und keine Silbe, wie und wann er sie abholen wird. Theresa bleibt stumm und drückt ihn aus der Leitung.

Als sie das Handy zurück in ihre Tasche steckt, klingelt es erneut, noch in ihrer Hand. Die Vorahnung, dass es diesmal Albert ist, bestätigt sich sogleich, und ihr wird bewusst, dass sie darauf gewartet hat. Sie nimmt das Handy an das Ohr und meldet sich.

»Guten Morgen, Frau Kanter. Störe ich?«

»Nein, nein, Albert, keinesfalls.« Ihr Ärger über das vorangegangene Telefonat ist wie ausgelöscht, doch jetzt ärgert es sie, dass der Familienname Alberts aus dem Gedächtnis ist. Schnell schluckt sie den Umstand herunter. »Ich bin mit Mary am Strand und faulenze«, gibt sie fröhlich zurück.

»Oh, das war heute auch mein Vorhaben. Leider kam mir ein Termin dazwischen … Aber weshalb ich durchläute, Ihre Geschichte von gestern Abend hat mich später noch beschäftigt. Ich möchte Ihnen gerne meine Unterstützung anbieten und darüber hinaus auch noch mehr erfahren. Natürlich nur, wenn Sie dazu bereit sind. Falls Sie für übermorgen nichts geplant haben, lade ich Sie zu einer Sightseeing-Tour ins Landesinnere ein. Wohin, das bleibt meine Überraschung. Nur sollten Sie sich darauf einstellen, dass wir früh am Morgen starten. Es würde mich freuen, wenn Sie zusagen.«

Theresa spürt ihren Herzschlag bis in die Kopfhaut pochen, ihr Gesicht glüht.

»Nun haben Sie mich neugierig gemacht, Albert, ich liebe Überraschungen und habe für morgen noch nichts geplant. Wann möchten Sie mich abholen?«

»Danke, Frau Kanter, ich freue mich. So um sieben Uhr? Sie müssen sich wegen des Frühstücks keine Sorgen machen, Ersatz organisiere ich unterwegs. Also dann bis morgen.«

Theresa kämpft mit einer Empfindung, welche sie sehr, sehr lange vermisst hat. Während des Gesprächs hat es gekribbelt im Bauch, als hätten sich dort Schmetterlingsraupen eingenistet. Dieses Gefühl, das sie zuletzt bei ihrem verstorbenen Mann vor vielen Jahren verspürt hat, verursacht nun dieser Unbekannte.

X
Die Entführung

Erschöpft vom Lärm der Stadt und den gnadenlos knatternden Mofas und entnervt von den
unentwegt geschäftig eilenden Menschen verlassen die Frauen mit den Einkäufen die Mall, streben die Rückfahrt zur Residenz an und winken
ein Taxi herbei. Es liegt ein aufregender Tag
hinter Theresa, der sie zugleich von den Problemen abgelenkt hat. Das Taxi hält in der Einfahrt, sie kommen rechtzeitig zum Abendessen
an. Mary will partout das Taxi bezahlen, während Theresa langsam auf das Gebäude zugeht.
Ihr Blick streift zwei Gestalten neben dem Eingang, für die offensichtlich das Taxi interessant
ist, da sie ihre Aufmerksamkeit angespannt
dorthin richten.

In der Vorhalle winkt ihr Yen vom Empfang
aus zu. Theresa freut sich über die Begrüßung
und geht fröhlich lächelnd auf sie zu.

»Es wurde bereits nach Ihnen gefragt, Miss
Janter«, empfängt Yen sie und deutet eine Ver-

beugung an. »Sind Sie den zwei Herren am Eingang begegnet?«

Theresa schaut verwundert in die angedeutete Richtung. »*Wer soll von mir etwas wollen?*«

»Nein, Yen, es hat mich niemand angesprochen. Jetzt, wo Sie es sagen … Da standen wohl zwei Männer am Eingang, sie wirkten nicht sehr vertrauenswürdig auf mich. Warten Sie, ich sehe nach Mary und schau auch gleich, ob sie noch vor dem Eingang stehen.«

Als Theresa vom Eingang aus über den Platz und die Einfahrt nach draußen blickt, sieht sie niemanden, kein Taxi, keine Mary, und die beiden Fremden sind auch verschwunden. »*Vermutlich haben die zwei sonderbaren Gesellen das Taxi doch genommen*«, denkt sie beiläufig. »*Aber wo ist Mary?*« Sie sucht vergeblich in der Vorhalle nach ihr, schließlich geht sie weiter in den Speisesaal. Ihr gemeinsamer Tisch ist leer, sie nimmt unschlüssig Platz. Die Worte Marys fallen ihr ein, die vor dem Essen noch die Tasche aufs Zimmer bringen wollte, um frisches Make-up aufzulegen.

Es gibt gebratene Hähnchen in Currysoße mit Ananasreis. Theresa hat gewaltigen Hunger, so beginnt sie zu essen und wartet nicht auf Mary. Als Yen den Tisch abräumt, fragt sie Theresa, ob Miss Milfort zum Abendessen kommt. Theresa zuckt mit den Schultern, sie weiß es bestimmt nicht.

»Ich sehe in ihrem Zimmer vorbei, okay?«

Yen verneigt sich und geht zufrieden ans Buffet zurück, hinterlässt jedoch eine nachdenkliche Theresa.

Es ist kurz vor zwanzig Uhr als Theresa an Marys Zimmertür klopft. Als sie trotz Rufens keine Antwort bekommt, beschließt sie, Yen zu bitten, das Zimmer von Mary aufzuschließen. Yen spürt ihre Unruhe und begleitet sie. Sie öffnet die Tür und beide betreten argwöhnisch das Zimmer. Es ist leer, sie finden keinen Anhaltspunkt dafür, dass Mary nach der Rückkehr aus der Stadt hier gewesen ist. Es fehlen aber die braune Strickjacke und ihre Tasche, wegen der sie noch vor dem Essen das Zimmer aufsuchen wollte.

Theresa und Yen sind besorgt über das plötzliche Verschwinden Marys. Gemeinsam kehren sie in die Gemeinschaftsräume zurück, fragen die Bewohner, doch keiner hat Mary gesehen. Yen versucht, Theresa zu beruhigen, Miss Milfort habe bereits früher schon untypische Entscheidungen getroffen, sei aber immer nach kurzer Abwesenheit wieder aufgetaucht. Theresa wartet ungeduldig in ihrem Zimmer auf eine Nachricht, aber Mary Milfort bleibt an diesem Abend unauffindbar.

Theresa liegt lange wach, versucht die Ankunft des Taxis am Nachmittag ins Gedächtnis zurückzurufen, kommt aber zu keiner plausiblen Erklärung. Zudem geistern die von Yen angesprochenen Männer, die sie vor der Residenz flüchtig gesehen hat, in ihren Kopf herum. Ob die beiden etwas mit Marys Verschwinden zu tun haben?

XI
Die Suche

Gerade erwacht springt Theresa schon aus dem Bett, kleidet sich hastig an und läuft auf dem langen Flur zu Marys Zimmer. Ihr Klopfen und Rufen an der Tür verhallen unbeantwortet. *»Vielleicht«*, versucht sie dabei ihre erneut aufsteigende Unruhe zu dämpfen, *»sitzt sie ja bereits im Frühstücksraum und lässt es sich schmecken.«* Dort angekommen gerät Theresa vollends aus dem Häuschen, der Stuhl am Tisch ist leer. Yen kommt mit einem Fragezeichen im Gesicht auf sie zu und setzt sich neben Theresa.

»Was denken Sie, sollen wir etwas unternehmen? Es ist mir unwohl, dass Miss Milfort heute auch nicht erscheint. Ich spreche mit dem Manager, er kennt jemanden bei der Polizei für Touristik, der kann uns sagen, was zu tun ist!«

Theresa ist bei der Sache unbehaglich, trotzdem stimmt sie zu. Sie ist gänzlich hilflos und kann an nichts anderes denken. Ein Mitbewohner vom Tisch nebenan beugt sich herüber und spricht von Marys Verschwinden. Bert kommt wie sie aus Deutschland, wenn auch nicht aus dem Norden, und war in seiner aktiven Berufszeit Gerichtsmediziner. Theresa fühlt sich erleichtert und beginnt mit dem Mann über ihre Ankunft an der Residenz und die beiden dubiosen Männern an der Einfahrt zu reden.

Inzwischen hat der Manager mit einem Beamten der Touristen-Polizei Kontakt aufgenommen. Der würde auch gleich am kommenden Morgen hier sein, versucht er zu beschwichtigen.

»Also müssen wir so oder so warten.«

Bert hat abgewartet, er glaubt, falls es einen Zusammenhang zwischen dem Verschwinden von Miss Milfort, dem Taxi und den beiden Männern gibt, dass die Polizei dann gute Anhaltspunkte hat.

»Frau Kanter, ist Ihnen am Fahrzeug etwas aufgefallen? Es wird für die Polizei wichtig sein. Kommen Sie, es macht ja doch wenig Sinn, hier weiter rumzusitzen, wir können bis zum Essen am Strand entlanggehen und uns ein wenig unterhalten. Sind Sie bereit?« Sein Tonfall lässt keine Widerrede zu, er hat ohnehin erkannt, wie abwesend Theresa ist. Bevor sie die Residenz verlassen, gibt Bert Yen ein typisches Zeichen, zwei laufende Finger und die Richtung Strand. Sie hat es verstanden und nickt.

Wortlos durchqueren sie den Palmenhain und treten in die Weite der Bucht hinaus. Das stetige Branden der Wellen an den Strand und der Wind, der ein sanftes Rauschen in den Palmen erzeugt, beruhigen sie.

»Wohin möchten Sie laufen, Frau Kanter, die Seite rechts hinunter oder links?«, unterbricht Bert ihre Gedanken.

»Nach rechts zu den Felsen.« Theresa läuft gedankenabwesend zwei Schritte hinter Bert her. Überrascht nimmt sie wie nebenbei die unpassend kurze Hose von Bert wahr, die viel zu schlabberig an ihm herabhängt. Als hätte er die taxierenden Blicke Theresas bemerkt, bleibt er stehen und dreht sich um.

»Ich kann mir denken, dass Sie die Hose stört, mich eigentlich auch, aber sie ist so schön bequem.«

Theresa fühlt sich ertappt, sie wird rot, dann winkt sie zerstreut ab.

»Bert, ist die Residenz schon länger Ihre Heimat?« Eine Frage ins Blaue hinein, sie schließt zu ihm auf und wartet auf die Antwort.

»Länger nicht gerade, ich bin jetzt vier Wochen hier und bleibe meist bis zum Frühjahr, wenn in Deutschland besseres Wetter herrscht.«

Also noch jemand, der wie Albert in Thailand überwintert!

»Mit dem Spaziergang wollte ich eigentlich etwas zum Verständnis der thailändischen Kultur beisteuern. Es ist mein fünftes Jahr, die Gastfreundschaft der Thailänder verschönert meine Aufenthalte. Vorhin im Frühstückraum habe ich mir schon gedacht, dass die vorliegenden Probleme einen Besuch der Polizei nach sich ziehen werden. Yen wird uns als Dolmetscher behilflich sein, sobald die Polizei eintrifft.

Vorweggenommen ein Tipp: Lassen Sie sich nicht verwirren von den immerfort lächelnden Beamten und deren Fragen. Thailand wird nicht umsonst als Land des Lächelns bezeichnet. Lächeln hat hier eine eminent wichtige Bedeutung für das Miteinander. Nahezu in jeder denkbaren Situation freundlich zu lächeln, ist als Höflichkeit, nicht als Zuneigung zu verstehen. Auch in peinlichen Situationen dient ein Lächeln dazu, dies zu überspielen. Einem freundlich lächelnden Menschen muss man einfach verzeihen.

Noch eine Verhaltensregel möchte ich Ihnen mitgeben. Wenn am Nachmittag der Beamte erscheint, dann halten Sie den Pass bereit, das ist meistens das Erste, wonach er fragt, und seien Sie auf keinen Fall unwirsch oder beleidigend, auch wenn die Fragen ins Persönliche gehen. Immer lächeln, und wenn die Frage zu sehr unter die Haut geht, ist auch eine Notlüge erlaubt. Das nimmt Ihnen hier keiner übel.

Schieben Sie mich jetzt bitte nicht in eine Schublade für Besserwisser, das sind halt meine Erfahrungen.«

»Wo denken Sie hin, Bert. Ich bin durchaus froh über die Informationen. Aber was mach ich denn, wenn die Fragen meinen Aufenthalt betreffen? Was antworte ich?«

»Yen hat mich über Ihr Schicksal instruiert. Da Sie erst wenige Tage hier sind, glaube ich, wird es gut sein, wenn Sie erwähnen, dass, sobald Sie den Managervertrag der Residenz unterzeichnet haben, der Antrag für den weiteren Aufenthalt in Thailand folgt. Yen und ich werden in der Nähe sein und bei Schwierigkeiten eingreifen. Übrigens, der Mann der Touristen-Polizei spricht recht gut englisch.«

Sie erreichen die Felsen, ohne es wahrzunehmen.

»Wir müssen zurück, das Essen wird fertig sein«, bemerkt Bert.

»Was? So lange sind wir schon unterwegs? Bert, ich danke Ihnen sehr für Ihre Hilfe. Ich kenne hier noch niemanden, und so wird mir das Gespräch mit dem Beamten leichter fallen.«

Sie denkt an Albert, aber er kann ihr heute nicht helfen.

XII
Der Kommissar

Am späten Nachmittag fährt ein beigefarbiger Toyota mit der dunkelblauen Aufschrift *»Police«* in die Einfahrt der Residenz. Behäbig, seine Mütze in der Farbe der Uniform unter den Arm geklemmt, entsteigt dem Fahrzeug ein haarloser Thailänder. Seine Aufmerksamkeit gilt dem Weg zur Residenz, dabei wandert der Blick über die Anlage und bleibt zuletzt an der entgegenkommenden Yen hängen, die er begrüßt. Sie tauschen einige Worte, wobei er nickt und fast desinteressiert seine Augen auf die Wartenden am Eingang richtet.

»Wer ist Miss Kanter?« Seine Stimme hat diesen hellen Klang und fordert auf unangenehme Weise eine Antwort.

Theresa steht in seiner Nähe und meldet sich mit Handzeichen.

»Hier, Mister Kommissar, mein Name ist Kanter.«

Dunkle Augen gleiten über das Gesicht Theresas und scheinen es zu scannen.

»Zeigen Sie mir Ihre Legitimation, Miss Kanter.« Seine Finger schnippen in Theresas Richtung und verlangen unmissverständlich nach dem Papier.

Über das Gesicht huscht jenes Lächeln, von dem Bert gesprochen hat, das keinesfalls mit Freundlichkeit zu verwechseln ist. Sie reicht dem Beamten den Reisepass. Er blättert nach der Seite mit dem Einreisevisum, liest kurz, klappt ihn zu und reicht ihn zurück.

»Danke, Miss Kanter, schildern Sie den gestrigen Abend. Wann genau ist was passiert?«

Ebenso ruhig wie ihr Gegenüber antwortet Theresa, beschreibt die Ankunft an der Residenz.

»Wo stand das Taxi und wo waren die zwei Männer? Zeigen Sie es mir.«

Sie laufen in die Einfahrt und Theresa deutet auf die beiden Orte. Sein Blick geht suchend zum Standort des Taxis, sucht in der kieselbestreuten Einfahrt nach Spuren. Er bückt sich plötzlich. In der Hand betrachtet er zwei abgegriffene Münzen, rätselt offensichtlich über deren Herkunft und weshalb sie neben einer tiefen Reifenspur liegen.

»Sie sagen, Miss Kanter, Sie und Miss Milfort fuhren kurz vor dem Abendessen mit dem Taxi in den Hof. Wer hat das Taxi bezahlt? War die Zeit ähnlich der zum jetzigen Zeitpunkt?«

Theresa bejaht und bestätigt, dass die vermisste Person das Taxi bezahlt hat, während sie auf das Gebäude zuging.

»Was ist Ihnen an den wartenden Personen aufgefallen? Größe, Kleidung, Nationalität?«

Theresa ist die Frage unangenehm, da ihr nichts im Gedächtnis geblieben ist. Sie verneint, als er fragt, ob ihr etwas an den Personen aufgefallen sei.

Keine Regung im Gesicht des Beamten.

»Ich nehme an, dass zum fraglichen Zeitpunkt einige Bewohner bereits an den Tischen saßen und aßen?«

Sein Blick streift das Gesicht Yens, die zustimmt. Auch Theresa nickt erstaunt zu seiner Feststellung. Alle sehen zu der Fensterreihe, wo an einem Tisch eine weißhaarige Frau in bunter Kleidung sitzt, hinter der schemenhaften Spiegelung der Scheiben fast verborgen. Für den Beamten ist es Routine, das Umfeld in seine Ermittlung einzubeziehen, und er verknüpft bereits gedanklich ein Bild des Ablaufs. Er notiert etwas in sein Notizbuch und läuft ohne Kommentar an den Mitwirkenden vorbei auf den Eingang zu. Diese folgen in respektvollem Abstand dem esoterisch wirkenden Mann in den Speisesaal, wo er vor dem Tisch der Frau anhält und seine

Aufmerksamkeit dem Raum mit den wenigen Anwesenden zuwendet.

»Ich führe eine polizeiliche Ermittlung durch. Wenn Ihnen etwas zum Aufenthaltsort von Miss Mary Milfort bekannt ist, so teilen Sie es mir bitte jetzt mit.«

Er dreht sich erneut der Frau zu, die in Richtung der Fensterfront sitzt. Die Augen des Kommissars taxieren sie, die sichtlich nervös mit den Fingern am Reisverschluss ihrer Bluse zupft. Sein Englisch vermischt mit Slang versteht sie nicht, zuckt mit den Schultern. Theresa übernimmt die Übersetzung der Fragen und deren Antworten.

»Sie saßen gestern Abend um dieselbe Zeit an diesem Platz und hatten die Übersicht in die Einfahrt, Miss …«

»Das stimmt«, übersetzt Theresa. »Das ist Elisabeth Krüger. Sie saß wie jetzt mit geradem Blick zum Fenster und sah die beiden Männer seitlich am Eingang stehen. Einer von ihnen war sehr mager, was sie an den hervorstehenden Schulterblättern durch das T-Shirt hindurch erkannte. Als das Taxi hielt, blieb Miss Milfort im Taxi und zahlte wohl, indes Miss Kanter auf den Eingang zulief.«

»Weiter, Miss Krüger, was geschah dann?«

»Die Männer liefen auf einmal schnurstracks auf das Taxi zu und ich konnte wegen der tief stehenden Sonne nicht feststellen was mit Miss

Milfort geschah. Aus diesem Grund habe ich auch geschwiegen. Etwas Glänzendes fiel auf den Boden, aber ich konnte nicht erkennen, was das war. Schnell stiegen die Männer ein und das Taxi brauste davon.«

Das Gesicht des Beamten bleibt auch jetzt unbewegt und die Aussage der Frau unkommentiert. Für ihn ist die Geschichte ohnehin schlüssig. Ein Zusammenhang mit den beiden Gestalten erscheint ihm plausibel, offensichtlich haben sie auf die Vermisste gewartet und sie mit dem Taxi entführt. Das Kleingeld wird ihr aus der Hand gefallen sein. Erstaunlich, dass Frau Krüger selbst diese Kleinigkeit aufgefallen ist. Aber warum wurde Miss Milfort verschleppt? Irgendwie ist es noch nicht schlüssig? War es Zufall oder bestelltes Kidnapping? Seine Stirn bildet Falten um diesen Gedanken, das Seniorenheim scheint ihm dafür nicht plausibel. – Das Taxi muss der springende Punkt sein. Er wendet sich Theresa zu.

»Miss Kanter, ist Ihnen etwas am Taxi aufgefallen? Die Marke und die Farbe werden Sie sicher erkannt haben, vielleicht ein Buchsstabe am Kennzeichen oder etwas am Äußeren des Fahrzeugs?«

Theresa hat die Frage nach der Unterhaltung mit Bert nahezu erwartet und antwortet sicher.

»Beim Fahrzeug handelte es sich um einen weißen Toyota, und weil Sie es gerade ansprechen, am hinteren Teil des Fahrzeugs ist mir eine große Delle aufgefallen, direkt über dem rechten Hinterrad mit einer Roststelle. Ansonsten sah es wie alle anderen Taxis aus.«

»Sehr gut, Miss Kanter. Damit kann ich etwas anfangen.« Er wendet sich Yen zu und plaudert einige Sätze in Thai. Dann, bereits dem Ausgang zugewandt, spricht er noch mal zu den die Szenerie beobachtenden Gästen.

»Falls jemand von Ihnen zu Mary Milforts Verschwinden etwas zu sagen hat, meldet er sich umgehend bei Miss Yen oder meiner Person. Aber vielleicht taucht sie ja noch auf. Gut, weitere Fragen habe ich vorläufig nicht.« Ohne sich um die Anwesenden zu kümmern, verlässt er die Residenz.

XIII
Alberts Vergangenheit

Es ist auf die Minute sieben Uhr am Morgen, da fährt ein dunkler Landrover in die Einfahrt der Residenz. Theresa steht abwartend am Seiteneingang und ist äußerst angespannt, aber für den Trip mit Albert und für seine samtigen Augen ist sie bereit. Beim Verlassen der Residenz denkt sie an Mary, ob sie wohl heute erscheint?

Albert springt leichtfüßig aus dem Auto und kommt auf sie zu. Auf dem Kopf ein heller, breitkrempiger Strohhut, ein rotweißkariertes Hemd flattert über der beigen Hose. Der graumelierte Bart akzentuiert sein braun gebranntes Gesicht. Theresa findet, dass er umwerfend aussieht. Höflich nahm er den Hut ab, grüßt mit einem Lächeln auf den Lippen.

»Guten Morgen, Frau Kanter, ich sehe, Sie halten ebenfalls viel von Pünktlichkeit. Wenn Sie alles bei sich haben, können wir sogleich los.«

Sein Blick gleitet über Theresas Figur. Er stellt zufrieden fest, dass sie für den Ausflug sportlich bekleidet ist. Ihr Äußeres macht nicht nur heute einen guten Eindruck. Im kleinen Strohhut mit buntem Band steckt eine schicke Sonnenbrille, ihr Gesicht leuchtet wie die Abbildung aus einem Journal. Um den Hals baumelt ein buntes Seidentuch, das charmant ihre Falten verdeckt. Er reicht ihr die Hand, verstaut den kleinen Rucksack, ohne den sie kaum einen Ausflug unternimmt, hält die Tür und ihr hilft beim Einsteigen.

Zufrieden nimmt sie die Klimaanlage zur Kenntnis, die die Temperatur auf ein erträgliches Niveau regelt. Geschickt schleust er sich in den Verkehr stadtauswärts ein.

»Hatten Sie schöne Stunden am Strand«, fragt er Theresa unvermittelt.

»Ja«, antwortet sie fröhlich. »Ich habe gefaulenzt und später ausgiebig in den Wellen geplanscht. Ich war überrascht, als Sie mich anriefen, habe mich aber darüber gefreut. – Der Abend verlief allerdings sehr mysteriös und hat in der Residenz für Aufregung gesorgt. Stellen Sie sich vor, meine Begleitung von neulich, Mary, ist, seitdem wir das Taxi vor der Residenz verlassen haben, spurlos verschwunden!«

»Liebe Theresa, niemand verschwindet so einfach und schon gar nicht aus einer Residenz.«

»Das ist es ja«, antwortet Theresa aufgeregt durch seine Bemerkung, »verschwunden ist sie in der Einfahrt bei der Bezahlung des Taxis.«

»Das ist allerdings merkwürdig, wenn sie dort verschwand. Doch ich denke, die Geschichte wird sich bald aufklären.

Falls es Sie verwundert, weshalb ich Sie zum Ausflug animiert habe, das hat einen ganz einfachen Hintergrund: Während der Unterhaltung an der Bar habe ich herausgehört, dass Sie nur noch kurze Zeit hier bleiben werden und da wollte ich die Gelegenheit, Sie näher kennenzulernen, nicht ungenützt verstreichen lassen. Denn bevor wir jeder für sich alleine Ihre letzten Tage in Thailand verbringen, können wir genauso gut gemeinsam die Schönheiten des Landes entdecken. Außerdem biete ich Ihnen meine Hilfe an. Für mich sind drei Monate Aufenthalt auch genug, die bevorstehende Regenzeit ist nämlich nicht besonders empfehlenswert. Außerdem bin ich neugierig auf Ihre Geschichte mit Ihrer Freundin und der Familie. Wir halten in etwa einer Stunde zum Frühstück und haben bis dahin genügend Zeit, uns zu unterhalten.«

Theresa fühlt sich von seiner Erklärung geschmeichelt, sie hat bei ihm keineswegs den Eindruck, er rede nur, meine aber etwas anderes. Gleichzeitig stimmt es sie traurig, dass erneut ein Abschied auf sie zukommt. Mehr mag sie im Augenblick nicht darüber nachdenken.

»Es ist mir ein Vergnügen, mit Ihnen die Schönheit des Landes zu erschließen. Ich bin mir auch noch unschlüssig, wie lange ich meinen

Aufenthalt hinauszögere. In zehn Tagen ist mein Rückflug«, berichtet er und sieht sie an. »Seit einigen Jahren gastiere ich für mehrere Monate hier und finde den Aufenthalt jedes Mal aufregend. Zudem tut das Klima meinen morschen Knochen gut.« Sie queren in einer weiten Kurve einen Palmenhain und blicken auf das Meer hinunter und auf fantastische lange und leere Strandabschnitte mit wiegenden Palmen. Ein gelb-blaues Hinweisschild taucht am Rand der Straße auf. Neben dem Thailändisch steht der Name einer Stadt »Nakhon Si Thammarat«, darunter die Zahl dreißig, wie sie gerade noch erkennen kann.

»Ist das unser Ziel?«, fragt Theresa neugierig.

Er nickt und deutet an, dass bald die Vororte und hübsche Plätze für einen ersten Stopp auftauchen werden. Kurz darauf fahren sie an einfachen Hütten entlang, an denen emsige Thai-Frauen die rauchenden Feuerstellen hüten. Bert hatte ihr erzählt, dass dies das typische Bild von der einfachen Lebensart der Thais sei. In jeder der bescheidenen Unterkünfte würde das wichtigste Mahl für den Morgen vorgekocht und in dampfenden Schüsseln angeboten.

Vor ihnen öffnet sich eine kleine Bucht, in die Albert das Fahrzeug steuert. Er hält vor einer heruntergekommenen Hütte mit einfachen Stühlen und Tischen davor, die sich wenig von den angrenzenden Unterkünften unterscheidet.

Eine bunt gekleidete Frau arbeitet an einem schlichten Herd über einen großen Topf gebeugt und rührt mit einem langen Holzstab darin herum. Sie sind die ersten Besucher. Theresa ist begeistert vom idyllischen Platz, der Einfachheit der Hütten und von der Aussicht auf das offene Meer. Sie verlassen das Auto und nehmen still die Szene in sich auf. Die Frau am Feuer unterbricht ihre Arbeit, wendet ihre Aufmerksamkeit den Besuchern zu und faltet die Hände nach Landesart zum Wai vor dem Gesicht. Der Anflug eines Lächelns ist dahinter erkennbar. Einige Worte und eine Handbewegung zu den Stühlen fordern die Neuankömmlinge auf, Platz zu nehmen. Ein Junge mit großen dunklen Augen und pechschwarzen Haaren lugt neugierig zwischen einem mit Rissen durchzogenen derben Vorhang am Eingang der Hütte hervor.

»Gefällt Ihnen der Platz, Frau Kanter?«, will Albert wissen.

Theresa nickt glücklich. Ihr Gesicht ist eine einzige Antwort und bestätigt, dass seine Wahl die richtige war. Es gibt Reis mit würzigen Soßen und das obligatorische Gemüse mit Huhn. Die Frau kommt mit einem dampfenden Gefäß an den Tisch, während der kleine Junge hinterher trippelt und die Schalen für den Reis wie wertvolles Porzellan in seinen kleinen Händen hält. Sein forschender Blick haftet unverwandt an Theresas Gesicht, als er die bunt bemalten Schüsseln abstellt. Er mag fünf oder sechs Jahr alt sein, trägt kurz geschnittene Haare und ist sehr hübsch. Theresa nimmt seinen Blick an und erkennt in ihm den unbeugsamen Willen zum Leben. Er dreht sich wortlos um und schlendert langsam zur Hütte zurück. Am Eingang wendet er sich plötzlich um und schaut zu den Besuchern, als wollte er kontrollieren, ob sie tatsächlich noch vor seinem Zuhause sitzen. Sodann schließt sich der bodenlange Vorhang hinter seiner zarten Figur.

Albert zeigt Theresa, wie man mit den Stäbchen den Reis zu Bällchen formt und in die Soße tunkt. Dabei fällt ihr das Essen in Surat Thani ein, wo auf dem Schiff angeblich der beste Reis zubereitet wurde. Aber dieses Gericht hier übertrifft alles. Albert schiebt sich genießerisch ein letztes Bällchen Reis in den Mund und wirft einen Seitenblick auf Theresa. Daraufhin unterbricht er sein Essen.

»Wie sieht es mit Ihrer Abreise aus, Frau Kanter? Haben Sie den Rückflug bereits geplant?«

Die Frage ruft Theresa aus den Gedanken um den sonderbar neugierig blickenden Jungen zurück. Bevor sie antworten kann, erscheint die Frau mit zwei Schälchen am Tisch, die mit einer gelblichen Flüssigkeit gefüllt sind. Sie spricht zu Albert einige Worte, worauf dieser nickt.

»Es ist Reiswein, der traditionell nach dem Essen serviert wird«, erklärt er Theresa. »Da wir gerade bei Tradition angelangt sind, möchte ich vorschlagen, dass wir uns endlich duzen.« Mit den Schalen stoßen sie an und nehmen, wie hier üblich, die Hände vor das Gesicht und verbeugen sich.

»Schade«, seufzt Albert und sieht tief in die Augen Theresas, »dass das Küssen hier gänzlich ausgeschlossen wird, zumindest in der Öffentlichkeit, nicht wie in Deutschland mit einem Unterpfand.«

Überraschend beugt sich Theresa zu ihm, und als wäre es das Normalste auf der Welt, bietet sie ihm die Lippen an. Er küsst sie innig. Alles in ihr vibriert in diesem Augenblick, sie spürt erneut Schmetterlinge im Bauch.

»Danke, Albert. «Lächelnd hält sie seine Hand. »Ich halte viel von Traditionen, und diese ist eine der wundervollsten«, erklärt sie, selbst ein bisschen über ihren Mut überrascht.

Die Thailänderin räumt das leere Geschirr ab. Ihr Gesicht hat jetzt einen zufriedenen Ausdruck angenommen. Albert bezahlt und ist über den niedrigen Preis überrascht. Theresa merkt an den Augen der Frau, dass er mit Trinkgeld nicht gespart hat. Sie verneigt sich mehrmals vor den beiden. Als sie sich dem Auto zuwenden, kommt der Junge aus dem Haus gelaufen und stoppt ein Stück vor ihnen. Er winkt mit seinen kleinen Händen. Theresa hat schon gedacht, seine Schüchternheit hätte ihn im Haus zurückgehalten. Nun jedoch bekommt er das größte Geldstück, das sie in der Tasche findet. Es ist eine 50-Satang-Münze, die wenigen Cent in Euro entspricht. Seine Augen haften ungläubig auf Theresas Gesicht, während seine kleinen Finger fest das große Geschenk umschließen. Er faltet seine Hände vor dem Gesicht und ein Lächeln purer Glückseligkeit huscht über seine Lippen. Für einen winzigen Augenblick tauchen dazwischen blendend weiße Zähne auf. Dann dreht er abrupt ab und ist mit flinken Trippelschritten hinter dem Vorhang der Hütte verschwunden. Seine aufgeregte Stimme aus der Hütte lässt sie erahnen, dass er von dem Geschenk berichtet.

»Danke, dass du hier gehalten hast, Albert. Es ist ein so schöner Ort, ich bereue meine Entscheidung nicht, dass ich deine Einladung angenommen habe. Hast du diesen Jungen gesehen, Albert, er muss ein Geschenk für die Frau sein. Leider denke ich dabei an die schreckliche Geschichte Yens, die ihren Jungen auf tragische Art verloren hat. – Aber zu deiner Frage von vorhin. Auch ich möchte meinen Aufenthalt möglichst bald beenden, da der letzte Funken Hoffnung in mir, dass mein Sohn wie versprochen zurückkommt, erloschen ist. Ich warte nur auf eine Rückmeldung meiner Freundin aus Deutschland, die nach dem Wahrheitsgehalt der Begründung für die überstürzte Abreise meines Sohnes forscht.«

»Eine bedauerliche Angelegenheit, aber auch dafür wird es eine Erklärung geben«, erwidert Albert mit ernster Miene.

Theresa sieht ihn ungläubig an, verkneift sich jedoch einen Kommentar, da sie für ihr Problem gegenwärtig keine Lösung sieht. Sie fahren hinunter an die Küste, in einen Vorort mit Geschäften und überfüllten Straßen, in dem es von Touristen nur so wimmelt.

Alle streben sie das eigentliche Ziel an, den Wat Mahathat, der berühmteste und zugleich älteste Tempel in Thailand. Schon aus der Ferne ist der fast achtzig Meter hohe Chedi, dessen Spitze aus purem Gold gearbeitet ist, zu erkennen. Die Kuppel des Chedi glänzt goldgelb im Sonnenlicht und lässt ein wenig vom Reichtum der alten Kultur erahnen. Die kreisrunde Anlage ist von einer imposanten Wandelhalle umgeben. Symmetrisch angeordnet bilden über einhundertfünfzig kleine und mittelgroße Türme eine Art Vorhof in Glockenform.

Albert bleibt am Eingang des Wat stehen und betrachtet in sich gekehrt die Erhabenheit des Turms. Theresa steht wortlos an seiner Seite und für eine Weile nehmen sie, ohne zu reden, die Stimmung und Einzelheiten der Anlage in sich auf. Albert räuspert sich und unterbricht sein Schweigen an der heiligen Stätte.

»Der Ort ist mir vertraut, Theresa. Als ich das letzte Mal hier stand, hatte ich eine andere Begleitung neben mir.« Sein Blick gleitet zum Innenhof, und Theresa spürt, dass es ihm schwerfällt, darüber zu reden. Als hätte er es bemerkt, löst er sich vom Anblick der Anlage und sieht sie an. Seine Stimme hat einen seltsamen Klang, als er sie auffordert, mit in die Altstadt zu gehen und dort ein Restaurant zu suchen. »Dort«, meint er mit ernstem Gesicht, »kann ich über den Zusammenhang des Chedi und meiner Geschichte aus der Vergangenheit erzählen.« Er nimmt wie selbstverständlich ihre Hand und führt sie aus der Anlage.

Theresa fühlt die Wärme und eine lang vermisste Geborgenheit, als er ihre Hand fest in der seinen hält. Sie fahren die Küstenstraße entlang zur Stadt und lassen das Auto ein Stück außerhalb zurück. Zu Fuß schlendern sie die breite Hauptstraße entlang, die mit unzähligen Souvenirläden Kunden anlockt. Albert winkt die Einladungen der Thais freundlich ab, er will in keines der Geschäfte folgen.

Am Ende der breiten Straße tauchen die Reste der Altstadtmauer auf, an der zahllose Touristen fotografieren und weiter in das Zentrum drängen, um an die in Bronze gegossene Buddha-Figur zu gelangen. Jeder möchte den blankgescheuerten Zeh des Dickbäuchigen einmal berühren und dabei einen Wunsch aussprechen.

Theresa hat es aufgegeben, sich die vielen nahezu unaussprechlichen Namen der Heiligtümer zu merken. Sie hakt sich bei Albert unter und sie verlassen die mystische Altstadt. Riesige Sonnenschirme beschatten einen Imbiss mit thaitypischem Barbecue, unter denen sich noch freie Plätze befinden. Sie sehen dem Koch mit seinen flinken Bewegungen am Wok zu, wie er mit hochauflodernden Flammen über dem Essen spielt, sie nach Belieben löscht und erneut aufbrennen lässt. Nachdem ein paar bunte Schalen mit Gemüse und Nudeln vor ihnen stehen, kommt Albert zurück auf seine Vergangenheit und beginnt zu erzählen.

»Fünf Jahre sind jetzt vergangen, seitdem mich meine Frau verlassen hat. Eine seltene Krankheit hatte sie befallen, die nach und nach ihr vegetatives Nervensystem zerstörte. Sehr lange kämpfte sie dagegen an, doch den insgeheim gehegten Wunsch, noch einmal den Chedi zu sehen, konnte ich ihr nicht mehr erfüllen. An diesen Ort bin ich seither nicht mehr gekommen. Wir liebten beide Thailand, die Menschen und die grandiose Natur. Das liegt alles sehr lange zurück, und ich bin sehr froh, dass ich meine Gedanken mit dir teilen kann. Du hast selbst erfahren, welche Hindernisse zu überwinden sind, um wieder Vertrauen zu einem Menschen fassen zu können.« Albert unterbricht in Gedanken versunken seine Schilderung. Ohne dass beiden es bewusst wurde, haben sie zu essen aufgehört und sich an den Händen gefasst.

»Nun, meine Liebe, kennst du die Beziehung zu dem Ort und meine Empfindungen. Aber zurück zur Gegenwart, wenn es dir passt, und du Nachricht aus Deutschland bekommst, könnten wir dann eventuell gemeinsam den Rückflug antreten? Was hältst du von meiner Idee?«

Theresa sieht ihn dankbar an. So viel spontane Zuwendung hat sie nicht erwartet. Es hat gefunkt zwischen beiden, wie vor vielen Jahren, als ihnen dies bei einem anderen Partner passierte, mit dem sie dann ihr Leben geführt hatten. Der Gedanke macht sie frei, gerade jetzt könnte sie die Welt aus den Angeln heben.

»Danke, Albert, dein Angebot ehrt mich, aber ich warte noch ab, bis die Nachricht von Ellen eintrifft. Wie ich sie kenne, wird sie heute Abend anrufen.«

Als sie später zum Auto schlendern, ist ihre Situation geklärt. Alberts Fürsorge gibt ihr das Gefühl, dass er für sie da ist. Nach einer Fahrt, die wie im Flug vergeht, verabschieden sie sich vor der Residenz und beabsichtigen, am nächsten Tag ihren Rückflug zu klären. Theresa küsst Albert beim Abschied zärtlich und läuft befreit und leichtfüßig in ihr Zimmer.

Sie steht noch unter der Dusche, als das Handy läutet. Ellen ist am Apparat und klingt ganz aufgeregt.

»Hallo, Theresa, es gibt Neuigkeiten, halte dich fest, am besten du setzt dich auf einen Stuhl und lauscht dann meinem Bericht. Verzeih, Theresa, dass ich es so hart ausdrücke, aber wie du es von Anbeginn vermutet hast, ist die Geschichte mit der Klinik eine Finte und ein betrügerisches Konstrukt deines Sohnes. Ich hatte ja die Adresse von Marthas Vater und dachte mir, ruf doch mal bei der Ehefrau zu Hause an. Sollte er wirklich mit einem Herzinfarkt in der Klinik liegen, wollte ich es mit dem fingierten Anruf in Erfahrung bringen. So, und jetzt darfst du mal raten, wen ich am Telefon hatte! Fidel und munter meldete sich der Vater deiner Schwiegertochter. Also ist alles ein abgekartetes Spiel deines Sohnes.«

Theresa setzt sich nun doch während der letzten Worte Ellens, obwohl sie es bereits geahnt hat, ist sie von der Ungeheuerlichkeit der Nachricht schockiert. Sie verspürt ein Stechen in der Brustgegend, was ihr einen kurzen Moment die Atemluft nimmt. In weiter Ferne hört sie die Stimme von Ellen.

»Theresa, bist du noch dran?«

»Ja, Ellen, ich habe mich wieder gefangen. Danke für die Nachricht, auch wenn es mir den Boden unter den Füßen wegzieht. Wenigstens habe ich endgültig Klarheit, so sehr es mich gleichzeitig schmerzt.« Ihre Stimme ist voller Trauer und Selbstzweifel.

»Theresa, es tut mir für dich so leid, ich kann dich nur mit Worten trösten, nicht mal in den Arm nehmen. Erinnerst du dich an unsere Vereinbarung vor deiner Abreise? Gib mir oder Bettina ein Signal, dann holen wir dich selbst vom Mount Everest zurück.«

Theresa durchfließt ein tiefes Gefühl von Freundschaft, gleichzeitig muss sie zu Ellens loyaler Hilfsbereitschaft schmunzeln, sie kennt doch deren Höhenängste zur Genüge.

»Ich bin so glücklich, dass ich euch beide habe. Im Moment bin ich noch dabei, die Lage auszuloten. Im Augenblick, glaube ich, benötige ich eure Hilfe nicht. Hier habe ich beste Unterstützung von Albert, einem Kunstliebhaber der Schätze Thailands. Den gemeinsamen Rückflug hat er mir bereits angeboten, ich bin voraussichtlich in zehn Tagen in seiner Begleitung zurück in Berlin.«

»Na gut, bis dann also, meine Liebe, ich freue mich auf dich und deinen Neuen! Mach dir noch ein paar schöne Tage und kick die Gedanken an deinen Sohn in den Mond.«

Diesen Rat nimmt Theresa gerne an, sie schmunzelt leise. »Zum Frühstück«, fasst sie den festen Vorsatz, »mische ich die Residenz ein wenig auf.« Ihre Gefühle sind vollkommen auf den Kopf gestellt und das Bedürfnis, sich auf besondere Art Luft zu verschaffen, wird indirekt

– über die Residenzleitung – auch ihren Sohn erreichen.

Glücklich über das Erlebte mit Albert schläft sie ein.

Am Morgen erscheint sie etwas später als sonst zum Frühstück. Sie hat schlecht geschlafen, war entgegen ihrer Gewohnheit früh aufgewacht. Ihre Gefühle sind durcheinander, und das Bild, das sie im Spiegel erkennt, erschreckt sie. Ohne weiter darüber nachzudenken beginnt sie, ihr Gesicht zu schminken. Auffällig bemalt, die Haare wie eine Medusa toupiert und mit zwei markanten grünen Nadeln festgesteckt, wirkt sie skurriler denn je. Zudem hat sie ein buntes mit Blumen verziertes Kleid an, über das sie eine lange Federstola geschlungen hat. So ausstaffiert tanzt sie ausgelassen in den Frühstücksraum hinein, um das Buffet herum und summt dabei eine Melodie von ABBA. Yen beobachtet sie dabei, sie hat ein Schauspiel dieser Art während ihrer ganzen Zeit in der Residenz noch nicht erlebt. Sie kommt auf die sich drehende und wiegende Theresa zu und fragt sie, ob es ihr gut gehe.

Da schnappt Theresa sich Yen, nimmt sie in die Arme und dreht sie im Kreis, was diese nun gänzlich verwirrt. Theresa dreht sich aufreizend vor den Saalgästen und setzt sich mit einem Lächeln auf den Lippen an den Tisch. So schrill und verrückt hat sie sich noch nie gefühlt, so viel Aufmerksamkeit von Zuschauern noch nie bekommen.

Kurz darauf trifft Bert ein, er lacht über die Aufmachung Theresas und setzt sich zu ihr an den Tisch. Fast hysterisch erzählt sie ihm ihre neuesten Erkenntnisse aus Deutschland, die auch er ungeheuerlich findet. Er erkennt ihre verzweifelte Situation und zeigt großes Verständnis dafür.

XIV
Freie Nächte

Gerade versucht sie eine leichte Stretch-Übung am Strand, da vernimmt Theresa die melodischen Töne ihres Handys aus der Tasche. Albert ist dran und möchte sie zu einem Stadtbummel abholen, um sie etwas abzulenken, wie er meint. Er will in einer halben Stunde an der Residenz sein. Theresa verlässt sofort den Strand, um noch schnell zu duschen.

Sie verbringen einen angeregten Nachmittag, diskutieren und lachen über Theresas Schilderung über ihren schrillen Auftritt in der Residenz. Sie möchte es noch auf die Spitze treiben, die doofe Hausdame vor den Kopf stoßen, und so entsteht das Vorhaben, mit einer neuen Eskapade die Residenz in Aufregung zu versetzen. Der Plan, die Nacht bei Albert zu verbringen und ihre Abwesenheit der Hausdame zu verschweigen, versetzt sie in eine beinah kindliche Vorfreude, obwohl Albert nichts davon ahnt.

Ein bisschen ist Theresa auch unwohl bei dem Gedanken.

Albert entführt sie an den großen See im Stadtpark und mietet ein Ruderboot. Er rudert eine Weile hinaus und lässt dann das Boot treiben. Ein Entenpaar fühlt sich gestört und fliegt mit klatschendem Flügelschlag über den See. Albert sieht ihm nach, sein Kommentar durchbricht die Stille im Boot.

»So viel mir bekannt ist, bleibt diese Art über Jahre unzertrennlich.«

Überraschend gesteht Albert Theresa seine Liebe. Nach vielen Jahren ohne Frau empfinde er ein Gefühl von Glück, sobald er in ihrer Nähe sei.

Ein erstes Mal sind sie sehr zärtlich zueinander und viel später, an Alberts Hotel, ist die Frage überflüssig, ob sie bleibt.

»Abgängig« wird sie am Morgen von Yen gemeldet und als sie am frühen Nachmittag wieder eintrifft, erwartet sie eine frustriert blickende Hausdame am Eingang der Residenz. Ihr Blick ist verächtlich, ihr Atem geht schnell, die Nasenflügel beben.

»Miss Kanter«, beginnt sie schnaubend, »so geht das nicht.« Ihr Gesicht ist ein einziger Vorwurf, als sie auf die Abtrünnige einredet. »Wir haben eine Hausordnung, und darin steht, dass Sie sich abmelden müssen, wenn Sie außer

Haus bleiben. Können Sie verstehen, dass wir alle nach dem Verschwinden von Miss Milfort besonders vorsichtig mit den Insassen sind? Wir haben alles versucht, Sie zu erreichen, das ganze Haus war in Aufregung. Wir haben sogar Ihren Sohn in Deutschland verständigt, und er ist ebenfalls der Meinung, dass es so nicht geht.«

Prustend und schnaubend wie ein bockiges Fohlen setzt sie zur nächsten Standpauke an. Theresa winkt unbekümmert ab.

»Das wäre nicht notwendig gewesen, etwas Derartiges zu unternehmen, ich bin ja schließlich eine erwachsene Person«, gibt sie sich cool, im Inneren hüpft ihr Herz jedoch vor tiefer Befriedigung über die gelungene Aktion. *»Jetzt fehlt nur noch Alex' Anruf mit seinen deplatzierten Äußerungen«*, grinst sie.

Sie sitzt bei einer Tasse Kaffee auf der Terrasse und genießt die leichte Meeresbrise, die über dem Palmengarten heranweht. Da geht ein Anruf ein. Es ist ihr Sohn. Seine Stimme klingt scharf und widerlich, enthält den Vorwurf von Bosheit und Starrsinn, als wäre sie ein kleines ungezogenes Gör, das seinen Teller nicht leer gegessen hat.

»Eine winzige Kleinigkeit konnte er jedoch nicht wissen«, denkt sie zufrieden, *»die brisante Information von Ellen Schneider aus Berlin, die sein Täuschungsmanöver aufgedeckt hat.«* Seine Stimme überschlägt sich fast vor Erregung. *»Ja, das ist der Sprössling,*

mein wohlerzogener Sohn, ohne jede gekünstelte Verstel-
lung, wenn er sich mir gegenüber durchsetzen will.«

»Gut, dass du dich endlich eingefunden hast, Mutter. Bist du dir im Klaren, welche Aufregung du in der Residenz ausgelöst hast? Die Hausdame hat mich aus einem Meeting in der Firma geholt. Bitte unterlass in Zukunft solche Kapriolen und füge dich den Gegebenheiten.«

Theresa, erstaunlich gelassen antwortet:

»Es ist alles in Ordnung, schließlich ist dies ja mein Geburtstagsgeschenk. Ich kann keineswegs die Aufregung darüber verstehen«, und trifft genau die Achillesverse ihres Sohnes, der ihr versprochen hat, sie in zehn Tagen von hier abzuholen.

»Ja, so war der Plan«, gibt er kleinlaut bei, »aber ich komme geschäftlich hier nicht weg, und Marthas Vater ist noch immer in der Klinik, sodass sich der Aufenthalt auf unbestimmte Zeit verlängert. Ich habe den Manager informiert und ihn gebeten, auf dich aufzupassen. Aber solche Eskapaden, die Nächte unentschuldigt fernzubleiben, unterlässt du gefälligst.«

Aus der Entfernung hört der Sohn die Worte: »So ein schönes Leben habe ich mir immer vorgestellt«, und ein Knacken in der Leitung, als die Verbindung getrennt wird.

Seine Lügen geben Theresa einen Stich mitten ins Herz. Aber sie hat auch für ihn einen Gnadenstoß, der ihn treffen soll, doch den hebt sie sich für die Ankunft in Berlin auf. Einerseits ist sie froh darüber, dass der Rückflug für die nächsten Tage geplant ist, schon um endlich in das verdutzte Gesicht des Sohnes zu blicken. Andererseits freut sie sich auch über die Aufmerksamkeit, die sie in der Residenz verursachen wird, wenn ihr Fehlen entdeckt wird und die Hausdame erneut mit der Suche der widerspenstigsten Person der Residenz beginnt. Denn ihr letzter Triumph besteht darin, ohne Abmeldung aus der Residenz abzureisen. Lediglich Yen, die ihr zugewandt ist und auf ihrer Seite steht, wie sie sicher weiß, würde über ihren Abzug Bescheid wissen.

XV
Zentrale Linh

Der Wagen von Ermittlungsinspektor Nuh rollt in die ungeteerte Einfahrt der Taxizentrale Linh, die mitten im Außenbezirk Surat Thanis liegt. Dicht dahinter ein zweites Fahrzeug, das der ermittelnde Beamte Yai fährt und in der Zufahrt abstellt. Der Name des Inspektors wird übersetzt mit *schlank, spitz,* er steht gewiss in keiner engeren Beziehung zu seinem Äußeren. In der Statur ähnelt er seinem uniformierten Begleiter, was er nicht immer als Vorteil sieht. Geboren im Jahr der Ratte trägt er den Namen mit theatralischer Eleganz, ganz wie es die Tradition erlaubt.

Sein untergebener Kollege wünscht sich manchmal, die in dessen Namen enthaltene Größe für sich zu beanspruchen. Nuh hält sich für den strategischen Kopf seiner Dienststelle, die er seit knapp zehn Jahren leitet. Anfangs war seine Aufklärungsquote im Revier so bemerkenswert gering, dass die Zeitung einen Artikel darüber schrieb, der in der Behördenleitung viel

Wirbel auslöste. Nuh entlockte es ein Achselzucken, er wusste von Anbeginn, dass daran nur die chronische Unterbesetzung seiner Dienststelle und die schlechte Besoldung schuld waren.

Langsam umgehen die beiden die verstreut parkenden Fahrzeuge im Hof und streben anschließend auf das niedrige Gebäude der Zentrale zu. Nuh stößt mit dem Fuß die eine Spaltbreit offen stehende Glastür weiter auf und tritt, ohne zu klopfen, in das Büro. Er hält vor dem Schreibtisch, der mit Zetteln, Stiften und staubigen Ablageschalen die übliche undurchsichtige Ordnung aufweist. Der Leiter der Zentrale blickt überrascht auf, als der Kommissar eintritt. Er bemüht sich keineswegs, den Dienstausweis hervorzukramen, für seine Ermittlungen genügt die Anwesenheit seines Begleiters, oder sogar, wie in diesem Fall, sein bekanntes Gesicht als Legitimation. Die Miene seines Gegenübers erstarrt zu einer Maske, die seine Abneigung gegen Uniformen, gegen den beunruhigenden Großbuchstaben am Pkw oder gegen die Person des Kommissars und dessen ausübende Macht ausdrückt. Vermutlich strahlt alles zusammen die Wirkung auf den Mann aus.

Nervös rückt er den Sessel näher an den Schreibtisch heran. Die Polizisten sehen, wie seine dicken Kaumuskeln arbeiten und die Augen sich an der Figur des Kommissars festsaugen. Er deutet eine Begrüßung an und hebt die Brauen zu einem fragenden Blick.

»Wir sind nicht die Steuerfahndung, Mister Linh«, kommt die gehässige Feststellung über die Lippen des Kommissars.

Die Augen des Mannes wandern zwischen Nuh und Yai, bleiben schließlich im Gesicht des hämisch lächelnden Staatsdieners hängen.

»Das sehe ich! Was führt Sie zu mir?«

Jegliche Freundlichkeit, wie sie zwischen Thailändern ansonsten üblich ist, verschwindet nach dieser Antwort aus den Gesichtern. Die gut ein Jahr zurückliegende Begegnung, als eines der Taxis der Linh-Zentrale am Überfall auf einen Supermarkt im Stadtteil Kher beteiligt war, ist beiden noch gut in Erinnerung. Nuh findet es sehr seltsam, dass erneut ein Fahrzeug aus Linhs Flotte in eine dubiose Geschichte verwickelt ist. Die scharfen Augen des Kommissars haben längst den seitlich am Schreibtisch aufgespießten Stapel mit Aufträgen erspäht. Sein Blick und die folgende Frage sind darauf gerichtet.

»Sind hier auch die Fahrten vom gestrigen Tag darunter, Mister Linh? Wir suchen den Fahrer, der gestern gegen achtzehn Uhr von der Innenstadt zur Residenz Brombat gefahren ist.«

»Möglich, wir haben einige Taxis in der Stadt, die unterschiedlichste Aufträge erledigen.«

»Gut, dann bemühen Sie sich bitte nachzusehen.«

Linh zieht ein Viertel der Aufträge vom Stapel herunter und sucht nach dem Uhrzeitvermerk. Er findet nach der Hälfte eine Fahrt, die zu den Angaben des Kommissars passt. Nuh nimmt den Zettel, überfliegt die Notiz. Oben steht die Uhrzeit, dann der Abfahrtort. In der Zeile für den Fahrer steht ein K.

»Was bedeutet dieses K, Mister Linh?« Seine Stimme schneidet in die ohnehin schlechte Luft, die über den Köpfen im Raum hängt.

»Manchmal ist die Verbindung in die Zentrale sehr schlecht, sodass der Fahrer nicht festgestellt werden kann. In solchen Fällen kommt dieses Zeichen in den Auftrag.« Er zuckt mit den Schultern und ist der Meinung, dass die Antwort den Kommissar zufriedenstellt. Das tut sie keineswegs.

»Werden die Autos zwischen den Fahrern gewechselt oder fährt jeder sein eigenes?«

»Gewechselt wird nur in Ausnahmefällen, wenn zum Beispiel ein Fahrzeug zur Reparatur muss oder ein größerer Service ansteht. Dies war gestern nicht der Fall.«

»Wir suchen nach einem weißen Toyota aus Ihrem Fahrzeugpool.«

Linh greift sofort nach einem Ordner im Regal, bevor sein Verhalten den Kommissar weiter reizt, und blättert emsig darin.

»Wir haben etwa vierzehn Toyotas im Einsatz, ausnahmslos weiße, und alle kommen zum Schichtwechsel in die Zentrale.«

Auch diese Information ist dem Kommissar wenig hilfreich, auch denkt er gleichzeitig an die vielen unangemeldeten Taxis. Geduld ist ohnehin nicht seine Stärke. Nuh gibt zu seinem Kollegen gewandt den Auftrag, die Fahrzeuge heute hier zu kontrollieren und zu untersuchen, bis alle vierzehn sowie eventuelle Schwarzläufer überprüft sind. Es ist ihm unwohl, dass die Ermittlung so zäh vorangeht. Er nickt Yai zu und lässt die beiden im Büro zurück.

Der viel jüngere Beamte weiß, welche Bedeutung dieser Auftrag hat. Akribisch durchforstet er die Ordner und überprüft die Fahrzeuge und Kennzeichen jedes Einzelnen beim Eintreffen in der Zentrale und vergleicht sie mit den registrierten. Er sucht auch nach Hinweisen, die sie weiterbringen. Falls erforderlich vernimmt er den Fahrer. Das Warten auf die Fahrzeuge zieht sich bis in den späten Abend hinein. Je weiter die Zeit voranschreitet, desto mehr Taxis treffen nacheinander in der Zentrale ein, sodass der Schichtwechsel fast vorbei ist. Nahezu keines der Fahrzeuge ist ohne Dellen, jedoch nicht an der Stelle, die Yai notiert hatte.

Aber seine Hartnäckigkeit bringt letztlich den Erfolg. An einem der letzten Fahrzeuge, das in den Hof kommt, erkennt Yai bereits von weitem eine Beschädigung an der Seite über dem Rad. Der Fahrer hat das Taxi noch nicht verlassen, da erkennt er die Uniform des Beamten und dessen Aufmerksamkeit für sein Fahrzeug. Die Angst vor Repressalien durch Linh lässt ihn reflexartig in den Sitz zurücksinken. Yai klopft an die Scheibe und fordert ihn durch eine eindeutige Handbewegung auf, das Fahrzeug zu verlassen. Der Fahrer steigt aus und Yai drückt ihn auf die Karosserie.

»Umdrehen und Beine spreizen.«

Er hasst das Absuchen der verschwitzten Körper, aber es ist eine Dienstanordnung die durchzuführen ist. Die Untersuchung des Fahrers ist negativ und so fordert er den Mann auf, mit in die Zentrale zu kommen. Yai zückt das Notizbuch und notiert Name und Adresse des Fahrers.

»Wir führen eine Ermittlung im Zusammenhang mit einer Fahrt am gestrigen Abend durch. Sie hatten eine Fahrt mit zwei weiblichen Personen stadtauswärts zur Residenz Brombat?«

Der Fahrer sieht unsicher zu Yai und nickt.

»Wo haben die Personen das Fahrzeug verlassen?«

»Direkt in der Einfahrt der Residenz.«

Yai wird ungeduldig, sieht aber die Unsicherheit des Mannes.

»Und was geschah danach?«

»Eine der Frauen hat die Fahrt bezahlt, nichts weiter.« Sein Gesicht überzieht dabei eine leichte Röte, was für Yai ein untrügliches Zeichen dafür ist, dass der Mann ihm etwas verheimlicht! Seine Antworten kommen auch viel zu schnell, sie wirken beinahe wie einstudiert. Yais Blick flackert, als er diese Antwort kommentiert.

»Touristen zahlen in aller Regel den Auftrag! Ich will wissen, wie es danach weiterging!«

»Nichts weiter, ich bin vom Gelände und zurück in die Stadt gefahren.«

Yai weiß nun, dass der Mann nicht ehrlich ist. Er gibt ihm die Karte vom Revier mit der Anordnung, am nachfolgenden Tag zum Verhör zu erscheinen.

XVI
Das Gefängnis

Marys Unterbewusstsein glitt über einen steilen Hang, dessen Ende im Dunkeln zu versinken drohte. Jetzt dringt dieses unbehagliche Gefühl wieder in ihre Gedanken und lässt erneut Übelkeit aufsteigen. Alles um sie herum schwankt unkontrolliert, als bewegten sich die Planken am Boden und die Beine klebten daran mit kalter Nässe fest. Ihr Rachen ist so ausgedörrt, dass jeder Versuch zu schlucken schmerzt, die Zunge ist hart wie ein Holzstück und verschließt ihren Gaumen. Es würgt sie, aber ihr Magen ist leer. Sie sitzt auf einem Stuhl und ist an Beinen und Händen mit Stricken festgebunden, sodass sie keinen Spielraum hat, sich zu bewegen. Die Seile schneiden tief in das Fleisch und die Druckstellen brennen wie Feuer.

Durch einen Spalt in den halb geöffneten Augen nimmt sie verschwommen die schummrige Umgebung wahr, Fetzen angefaulter Tapetenreste hängen von den Wänden und der Decke herab, bedecken den Boden mit einem braunfleckigen Etwas. Der Geruch nach Schimmel und Fäulnis liegt ihr in der Nase und erinnert sie an das eigene Erbrochene. Dazwischen riecht sie etwas, das sie nicht einordnen kann. Verfaultes, aber nicht säuerlich wie Erbrochenes, auch nicht wie ihr eigener Urin, der ihr die Beine hinunter rann. Der Gestank, der zwischen den Gerüchen hängt, riecht ein bisschen wie faulendes Fleisch. Im Raum ist es düster, sie kann hier in der Düsterkeit kaum etwas erkennen, auch die Tageszeit erahnt sie nur. Doch das ist ihr auch ziemlich egal, die Schmerzen überdecken alle Grübeleien und das Durstgefühl, unter dem sie unendlich leidet. Plötzlich wird ihr Gefängnis vom blassen Licht, das durch das einzige mit Spinnweben verdeckte Fenster fällt, erhellt und kriecht wie eine träge Spinne im Netz die zerfetzte Tapetenwand hinauf. In Marys Vorstellung ist es der Mond, der zu leuchten beginnt. Um sie herum raschelt es leise, Pfoten trippeln über den Boden, vielleicht Ratten? Doch auch das berührt sie nicht. Das Mondlicht weicht aus dem Gefängnis und erneut legt sich eine bleierne Finsternis über den geschundenen Körper auf dem Stuhl.

Mary denkt an Theresa, den einzige Hoffnungsschimmer, der sie wieder und wieder den Kampf ums Überleben aufnehmen lässt. Panik um den Grund ihrer Entführung erfasst sie, aber sie kann sich keinen Anlass vorstellen, weshalb die Männer sie in das Taxi stießen und in diese stinkende Hütte warfen. Nur wenige Minuten hatte sie die Kidnapper gesehen, sie schaudert noch immer vor der Brutalität der Entführer.

Das plötzliche Lärmen einer Kette lässt sie keuchend aufschrecken. Den riesigen schwarzen Hund hatte sie völlig aus dem Gedächtnis verdrängt. Er schleift seine Kette rasselnd über die Holzplanken. Dieses Geräusch erinnert sie an die Pferde auf dem Hof ihres Großvaters und an ihre Kindheit, und diese Gedanken trösten sie.

Auf einmal spannt sich die Kette. Mary sieht im Zwielicht, wie der Hund auf sie zustürzt. Starr vor Angst spürt sie ein warmes Rinnsal ihr Bein hinablaufen und kurz darauf das höllische Brennen der Wunde vom Scheuern des Seils an ihrer Fessel. Knapp vor ihrem Stuhl, an dem sie seit zwei Tagen festgebunden ist, wirft es das wütend knurrende Tier von der gestrafften Kette zurück. Es entblößt eine Reihe spitzer Zähne, zwischen den Lefzen hält es quer etwas Längliches. Das Mondlicht erhellt wieder den Raum und beleuchtet die gespenstische Szenerie. Etwas baumelt aus dem Maul des Hundes, im fahlen Licht erkennt sie, was ihre Aufmerksamkeit für den merkwürdigen Geruch erweckt hat, den die Bestie jetzt mit ihrem widerlichen Odem verströmt. Es ist das Bein eines Tieres, das der Hund zwischen den Fängen hält. Das Knacken des starken Knochens würgt sie erneut. Die listigen Augen des Hundes glänzen im Mondlicht, sie sieht auch Neugierde darin, ein beinahe unnatürliches »Wir-kennen-uns-aber-noch-bin-ich-beschäftigt-und-du-interessierst-mich-nur-am-Rande«. Das gierige Tier dreht so plötzlich ab, wie es für seinen Überfall auf sie aufgesprungen ist und verzieht sich mit der Kette rasselnd in seine dunkle Ecke zurück.

Von dort hört Mary schmatzende und knackende Geräusche und daraufhin ein sattes Schnarchen.

XVII
Die Befreiung

Kommissar Nuh trommelt ungeduldig auf die Unterlage des Schreibtischs, er wartet schon eine Weile auf den endlich eintretenden Kollegen, ungehalten faucht er ihn wie eine Wildkatze an.

»Warum kommen Sie erst jetzt? Es ist fast einundzwanzig Uhr, ich möchte, verdammt noch mal, nach Hause.« Obwohl Nuh nicht sein Vorgesetzter ist, macht er keine Unterschiede, wenn es um die Uhrzeit geht. Der Angesprochene knöpft seelenruhig seine Uniformjacke auf und nimmt das Notizbuch aus der Brusttasche. Diese Ruhe lässt Nuh beinahe platzen.

»Was ist denn nun, haben Sie das Taxi oder nicht?«

Yai schlägt das Notizbuch auf und blättert in den Seiten.

»Oh ja, Kommissar, ich bin erfolgreich gewesen«, lobt er sich selbst. »Um 18.29 Uhr ist der Taxifahrer in der Zentrale eingetroffen.« Sein Blick schweift über die aufgeschlagene Seite.

»Ich habe ihn vernommen und an seinem Fahrzeug die gesuchten Spuren festgestellt. Leider hatte ich keine Kamera dabei.« Bedauernd zuckt er mit den Schultern.

»Was ergab die Vernehmung des Fahrers? Wo hat er die beiden Frauen aufgegabelt? Hat er die Personen am Brombat ausgeladen?« Nuhs Finger trommeln ungeduldig auf die Schreitischplatte.

»Ja, Kommissar, das hat er zugegeben, aber danach sei er zurück in die Stadt gefahren. Er behauptet, nichts weiter von den Frauen zu wissen!«

»Ich hoffe, Sie haben ihm gegenüber nichts von den Männern erwähnt.«

Yai schaut süßsauer in das fragende Gesicht gegenüber.

»Ist ja gut, die Frage war rhetorischer Art, beschwichtigt ihn Nuh. »Hat es Sinn, den Fahrer noch mal in die Mangel zu nehmen?«

»Das meine ich wohl, Kommissar, der Mann lügt. Ich habe ihn für morgen früh in die Dienststelle vorgeladen.«

»Das ist gut, Yai. Dann sehen wir uns morgen, aber nicht zu früh!«

Um neun Uhr ist der Kommissar noch nicht im Büro. Yai sitzt bereits geraume Zeit über seinen Notizen und bemüht sich um eine geordnete

Protokollierung der gestrigen Vernehmung. Er kennt Nuh zu genau, um zu wissen, dass der zum Verhör das Schriftstück erwartet. Es klopft an der Tür. Herein tritt nach kurzer Aufforderung der Assistent mit dem Fahrer des Taxis im Schlepptau. Als er sieht, dass Nuh nicht zugegen ist, verlässt er nach der abweisenden Handbewegung des aufblickenden Inspektors mit dem Besucher das Büro und setzt sich gegenüber der Tür.

Eine halbe Stunde später betritt der Kommissar den Raum, sein erster Blick geht in die Ecke zur Teekanne.

»Morgen, Yai, ist der schon fertig?«

»Klar, Chef, ganz frisch aufgebrüht!«

»Gut, Yai, dann bring uns den Mann herein.«

Nuh gießt den Tee in seine mit Patina überzogene Tasse ein, setzt sich an den Schreibtisch und sieht zufrieden auf den Bericht vor sich. Der Taxifahrer betritt hustend den Raum und wird von Yai auf den einzigen Stuhl vor dem Kommissar gedrückt, womit er sich wie in einer Zange geklemmt befindet. Unsicher gehen seine Blicke zwischen den beiden hin und her. Nuh gibt sich gelangweilt und blättert ohne aufzusehen unschlüssig im Protokoll. Er ist sich bewusst, welchem psychologischen Druck der Mann vor ihm ausgesetzt ist. Beide schweigen, und dieser Moment reicht aus, dem Mann die Schweißtropfen auf die Stirn zu treiben. Dann räuspert sich Nuh und blickt direkt in die Augen des Delinquenten.

»Mein Kollege hat Sie gestern zur Fahrt der beiden Ladys befragt. In seinem Bericht steht, dass beide Frauen in der Nähe der Main Street Ihr Taxi bestiegen und es an der Residenz am Brombat verlassen haben. Stimmt das?«

Unsicher bezüglich der vorformulierten Antwort bejaht er erleichtert. Die nächste Frage wird im schärferen Tonfall gestellt.

»Gibt es Zeugen dafür?«

»Ja.«

Der Kommissar weiß, dass er jetzt behaupten wird, dass Hunderte von Kollegen dies bestätigen können, weil sie zur selben Zeit am selben Standort waren. Das lässt sich dann nur mit erneuten Recherchen herausfinden, deshalb unterlässt er weitere Fragen in diese Richtung. Sein junger Kollege wäre ohnehin dafür die geeignetere Person. Nuh fühlt sich wieder in der Rolle des Chefs. Er lenkt die nächste Frage geschickt auf das Protokoll.

»Hier steht aber auch, dass nur *eine* der Frauen in der Residenz ankam. Was sagen Sie dazu, Mister?«

Die Frage macht den Mann sichtlich nervös, er kaut auf seiner Unterlippe und schaut den Kommissar nicht an.

»Kommissar, ich habe nicht gesehen, wie die Frauen in die Residenz gingen. Ich habe das

Geld erhalten und bin sofort losgefahren«, beteuert er.

Urplötzlich schlägt die flache Hand des Kommissars mit vehementer Wucht auf die Schreibtischplatte, dass die Teetasse zu tanzen beginnt und einige Tropfen über das Papier des Berichts spritzen. Der Verdächtige zuckt zusammen wie ein Gaul, den das Gebell eines Hundes erschreckt.

»Es gibt fünf voneinander unabhängige Zeugen, Mister, deren Aussage ein ›bisschen‹ von der Ihren abweichen. Ein bisschen viel, meine ich, schob er feindselig hinterher. Wenn Sie glauben, dass Sie mich verschaukeln können, dann bekommen Sie kostenlos für die nächsten Tage ein Zimmer im Untergeschoss, mit Stahlgitter davor. Jetzt heraus mit der Wahrheit, bevor ich mich vergesse.« Die Erregung des Kommissars hat eine gefährliche Stufe erreicht, die für den vor ihm Sitzenden gefahrvoll werden kann, zumindest rechnet der in Gedanken schon mit einem Verdienstausfall wenn sein Gegenüber ernst macht. Er windet sich auf dem Stuhl wie ein Wurm und schließt seine Hände um den Körper, als würde er frieren. Dann bricht seine mühsame Haltung in sich zusammen.

»Jaa … Mister Kommissar, ich … ich bin… ich war in einer Zwangslage, als die Männer mein Taxi stürmten. Der eine fuchtelte mit dem Messer vor meiner Nase herum, damit ich seiner

Drohung folge und verspreche, kein Wort über den Vorfall zu verlieren, da er mich sonst später in der Nacht im Taxi abfangen würde. Sie wissen, was diese Warnung bedeutet?«

Das Eingeständnis bringt den Kommissar nicht aus der Ruhe. Eine Handbewegung fordert den Fahrer auf, den weiteren Ablauf zu schildern.

»Als ich gerade das Wechselgeld der Frau in die Hand drückte, kamen die beiden Männer auf das Taxi zugerannt und stießen die Frau wieder in den Fond hinein. Sie wehrte sich nicht, weil der Eine ein Messer auf sie richtete.«

»Weiter«, mischt sich Yai in das Geständnis ein.

»Dann erhielt ich den Befehl, sofort loszufahren, was ich auch tat. Ich bin nicht der Mutigste, deshalb fuhr ich wie befohlen mit hoher Geschwindigkeit stadtauswärts. Die Frau war ganz ruhig und die Männer auch. Ich wusste, dass in der Nähe der Klinik stadtauswärts ein Blitzer steht, der mich, weit über dem Limit, erfasst hat. Das hat den Männern überhaupt nicht gefallen, sie diskutierten aufgeregt, ob sie auf dem Bild zu sehen wären. Dann musste ich am Ende einer Siedlung in einen Feldweg abbiegen und diesen bis an eine Waldgrenze folgen. Sie zwangen mich, im Wagen zu bleiben und sofort zurückzufahren, sobald sie ausgestiegen wären.

Kommissar, können Sie das mit der Geschwindigkeitsüberschreitung irgendwie regeln?«, schließt er mit besorgter Miene sein Geständnis ab.

Nuh antwortet nicht und stellt stattdessen die nächste Frage.

»Sie würden die Stelle am Wald wiederfinden? Kommen Sie, zeigen Sie es auf dem Stadtplan.«

An der Wand hängt eine große Karte von der Stadt und ihrer Umgebung. Der Taxifahrer sucht die Residenz Brombat und fährt mit dem Finger über die Kreuzungen bis an das Ende einer stadtauswärts liegenden Siedlung. Dort gibt es jedoch mehrere abgehende Straßen, er kann keine der gesuchten zuordnen. Nuh erkennt die prekäre Situation und handelt entsprechend.

»Yai, Sie fahren sofort mit dem Taxi voraus, ich folge mit meinem Wagen. Schussweste und Pistole nicht vergessen. Wir müssen die Abfahrt finden, klar?«

Yai ist die plötzliche Hektik des Kommissars unverständlich, liegt das Verschwinden der Person doch schon ein bisschen zurück, und die Entführte kann in jedem Winkel der Stadt versteckt sein. Sie steigen in die Autos und fahren genau die Strecke, die das Taxi vor zwei Tagen genommen hat.

Auf Anhieb findet der Fahrer die richtige Einfahrt, er folgt der steil nach oben führenden

Straße, die als schmaler Feldweg am Waldsaum endet. Nuh gibt den Vorausfahrenden ein Lichtsignal zum Stoppen, da sie Abstand von dem Weg halten sollen, der offensichtlich in ein dicht bewachsenes Gehölz führt. Die Polizisten steigen aus und Nuh gibt dem Taxifahrer die Anweisung, in die Zentrale zurückzukehren. Sichtlich froh, glimpflich aus der Situation herausgekommen zu sein, braust der, eine breite Staubfahne hinter sich herziehend, die Straße nach unten.

Die Beamten beraten kurz die Situation und tauchen dann in das dichte Unterholz des Waldes ein. Der Weg endet nach wenigen Metern am Buschwerk mit deutlichen Spuren zertrampelter Pflanzen. Es riecht nach Feuchtigkeit, sie haben Mühe, das dornenreiche Gestrüpp von ihren Köpfen und Kleidern fernzuhalten. Nuhs Flüche und raschelnde tapsige Schritte begleiten die beiden weiter ins Unterholz, wo sie einer niedergetrampelten Fährte folgen. Nach wenigen Metern gelangen sie an eine Lichtung. Auch hier ist alles von niedrigem Buschwerk überwuchert, wobei ihre Vorgänger sich keinerlei Mühe gegeben haben, ihre Spuren zu verbergen. Der Pfad führt direkt über die Lichtung auf eine von hohen Palmen überdachte und von Dornengebüsch umrankte Hütte zu. Das mit Wellblech überdeckte Dach zeigt sich in erstaunlich gutem Zustand. Die beiden halten im gebührenden

Abstand zur Hütte und sondieren die Lage. Die Geste des Kommissars bildet einen Bogen und nun nähern sich Yai von der rechten und Nuh von der linken Seite. Dabei müssen sie Autoreifen, vermodernde Holzreste, Fässer und verrostetes Werkzeug das verstreut herumlag umgehen. Nuh dringt bis an die Vorderfront des Hauses vor, den Eingang fest im Blick. Er staunt, dass es eine weitere Zugangsseite hinter dem Haus gibt, die gut geräumt ist. Er gibt Yai ein Zeichen, dass er sich ruhig verhalten soll. Vögel flattern auf, sonst ist kein Laut zu vernehmen. Die Hütte scheint verlassen.

Im selben Moment unterbricht ein Rasseln die Stille. Das Geräusch einer Kette kommt eindeutig aus dem Inneren des Gebäudes. Erneut hören sie ein Geräusch, ein Schleifen, als würde etwas über den Boden gezogen. Nuh zieht seinen Revolver und nähert sich dem Eingang. Er fasst an das Schloss, zieht daran, aber es bewegt sich nichts. Er will vorerst jeglichen Lärm vermeiden und schleicht ans Fenster an der Frontseite. Das Provisorium eines Holzladens knistert und knackt, als er zur Seite klappt. Wieder dringt das Klirren der Ketten aus dem Inneren. Der Kommissar lugt durch die verschmutzte Glasscheibe, er sieht nur ein Spinnennetz und dahinterFinsternis. Mit einem kurzen scharfen Ruf macht er sich jetzt bemerkbar. Die Reaktion kommt postwendend. Das heftige Rasseln der

Kette vermischt sich mit einem heiseren Bellen. Die beiden zucken von dem unverhofften und unheilvollen Klang zusammen. Nuh vermutet, dass es dem Geräusch nach ein Kampfhund sein könnte, der verborgen gehalten wird und dessen Größe und Aggressivität äußerst gefährlich sein könnte. Er riskiert einen Blick durch das Fenster und weicht im selben Augenblick erschrocken zurück.

Ein bulliger Hundekopf füllt das Fenster, er zeigt sein furchteinflößendes Gebiss. Aus den Lefzen sabbert Speichel, sein heiseres Bellen beschlägt die Scheibe. Nuh hat für einen kurzen Moment die Kette am Halsband des Tieres blitzen sehen. So plötzlich, wie der Spuk begann, so schnell ist er verschwunden. Dann ist eine leise Stimme zu vernehmen. Unverkennbar ist sie weiblich, mit englischem Akzent.

»Hallo, hört mich jemand …?«

Kommissar Nuh verfügt über wenige Englischkenntnisse, es stammt zumeist von Kontakten mit Touristen. Ein hilfloser Blick zu Yai, der sofort versteht und antwortet.

»Hier ist die Polizei, kommen Sie mit erhobenen Händen an die Tür!«

Eine kurze Pause, selbst das Kläffen ist verstummt. Trotzdem ist die kraftlose Stimme kaum vernehmbar.

»Hier …«, die Stimme ist jetzt kaum noch zu hören, »… ist Mary Milfort … ich bin gefesselt …halten. Die Bestie … bewacht m…«

Die letzten Worte gehen im Gebell des Hundes unter.

Yai übersetzt das Wenige dem Kommissar und fragt dann nach der Länge der Kette.

»Der Hund ist am Pfosten … ich kann mich nicht bewegen … gefesselt«, kommt es kläglich schluchzend zurück.

Nach der kurzen Angabe ist beiden klar, die Frau muss im hinteren Teil des Raumes liegen, demnach ist ihr Bewacher an der Türseite angebunden. Nuh geht einige Schritte in das Dickicht, wo er vorhin über Eisenteile gestolpert ist. Mit einer Stange bewaffnet kommt er zurück, geht an die Frontseite der Hütte. Für Yai ist die Absicht des Kommissars sofort klar, der mit dem Eisen auf die Bretter der Rückwand zielt.

»Vorne können wir nicht rein, da müssten wir von der Schusswaffe Gebrauch machen. Bei dem Licht ist es mir zu gefährlich, wir wollen ja nicht die Frau verletzen. Hier hinten müssen wir ein paar Bretter lösen.«

Sein Kollege nickt und tritt zur Seite. Das Eisen fährt zwischen die Ritzen der nicht sonderlich starken Bretter und gemeinsam hebeln sie am Spalt, bis das erste Holz krachend nachgibt. Das Bellen im Inneren hat sofort wieder angeschlagen und ist jetzt zu einem ungestümen Getöse angewachsen. Das Poltern der Kette auf den Boden, wenn das Tier gegen die Wand anrennt, verursacht zusätzlich Lärm.

Nuh arbeitet systematisch und bricht ein weiteres Brett aus der Rückwand. Er wirft einen ersten Blick in die freiliegende Öffnung und kann Stuhlbeine und zwei nackte Füße, die mit einem dicken Seil daran festgebunden sind, erkennen. Im Hintergrund geifert der Hund gegen die Kette, die sich spannt und ihn zur Seite wirft. Nuh hatte recht mit der Vermutung, dass es ein Kampfhund sein könnte, er hofft, dass die Kette seinem Ansturm standhält, bis sie zur Frau vorgedrungen sind.

»Ruhig, Miss Milfort, wir haben gleich einen Zugang geschaffen und befreien Sie«, ruft er aufmunternd durch die Öffnung, als ihm einfällt, dass sie ja das Thai gar nicht verstehen kann.

Nuh, jetzt ganz in seinem Element, zertrümmert die restlichen Blanken und arbeitet konzentriert einen Zugang heraus. Dann duckt er sich in die Öffnung, um einen Überblick zu erhalten, prallt jedoch sofort zurück, als ihm beißender Gestank nach Urin, Kot und abgestandener Fäulnis entgegenschlägt. Er hält kurz inne, atmet tief durch und kriecht erneut in die Öffnung. Seine gezückte Pistole zielt auf die anstürmende Bestie. Ein Blick zu Yai und ein Zeichen zum Ohr hin, versteht dieser sofort als Anweisung, Hilfe herbei zu telefonieren.

Nuh richtet sich im Raum auf und versucht sich im Dämmerlicht zu orientieren. Die Ausdünstung hier drinnen ist bestialisch, und so atmet er in kurzen Zügen, presst unbewusst die Hand vor Mund und Nase.

Durch das schmutzige Fenster dringt zu wenig Licht, und seine Augen müssen sich an das Dämmerlicht gewöhnen. Eine erneute Attacke des Hundes gegen die Kette lässt ihn herumfahren, der Hund ist keine zwei Schritte entfernt, fällt auf die Seite, steigert seine wütenden Attacken gegen den Widerstand der Kette. Seit Nuh in das Loch der Rückwand eingestiegen ist, hat ihn das geifernde Scheusal in Atem gehalten. Er besinnt sich auf die kleine Taschenlampe in seiner Tasche und hofft, dass sie den Dienst nicht versagt.

Die Angriffe des Hundes als auch der Gestank werden immer intensiver. Ein schwacher Lichtstrahl tastet sich in die Dunkelheit und trifft auf die weit aufgerissenen Augen des Hundes, gleitet weiter zu einer zusammengesunkenen Person auf einem Stuhl. Blutende Hände, mit dicken Seilen umwickelt, ragen unter einem Tuch hervor, das den Oberkörper der Person verbirgt. Vorsichtig zieht er das blutbefleckte Tuch vom Körper. Der Anblick, der sich ihm im Lichtschein darbietet, signalisiert seinem Gehirn, dass er nichts dergleichen im Speicher der Erinnerung hat, mit dem das grauenvolle Bild zu vergleichen wäre. Es handelt sich ohne Zweifel um die gesuchte Person, weiblich, der Oberkörper nackt und mehrfach mit Seilen umwickelt, die dunkle Striemen ins Fleisch geschnitten haben. Die Frau stellt sich ihm als körperlose Hülle dar, die allenfalls in einer Anatomiestunde für Pathologen Platz gefunden hätte. Die Brüste der Frau weisen zahlreiche Schnitte auf, blutig aufgeworfen und hässlich. Überall entdeckt er nasse Flecken und getrocknetes Blut auf den Kleiderfetzen, die ihre Scham nur notdürftig verhüllen. Als er der Frau vorsichtig über die Haare streicht, zuckt sie zusammen. Er beruhigt sie mit leisen Worten und beginnt dabei, die Knoten der Fesselung zu lösen. Im Licht der Taschenlampe hat er den Gegenstand an der Wand des Raumes erkannt, ein Schreibtisch mit geöffneten Türen, den der Hund als Kletterhilfe benützt, um an das Fenster zu gelangen. In einer der Ecken sind Kothaufen abgesetzt, die den erbärmlichen Geruch noch verstärken. In Nuh steigt Übelkeit hoch, er schluckt den Würgereiz hinunter.

Die Frau sitzt in sich zusammengesackt am Stuhl, ihm leuchtet ein, dass sie sich nicht wird auf den Beinen halten können. Der Kommissar fasst die Frau von hinten unter die Arme und zieht die leise Stöhnende bis an das Loch in der

Wand. Erleichtert atmet er von der feuchten Luft, die hereinströmt. Er ruft seinen Kollegen, der von außen die Beine der Frau fasst, und gemeinsam ziehen sie die Bewegungslose in die Freiheit. Die Frau wirkt sehr apathisch und scheint vom Rettungsakt nichts mitzubekommen. Aus ihrer Nase läuft eine Blutspur und eine Gesichtshälfte ist bis in die Haare mit getrocknetem Blut verklebt. Jemand hat ihren Kopf mit einem harten Gegenstand traktiert und auch das Gesicht dabei nicht verschont. Hände und Füße der Frau sind stark angeschwollen und violett unterlaufen.

»Sie muss erst mal mit in die Klinik, damit man sie versorgen kann.«

Yai sieht fürsorglich auf das Opfer herab, das auf seiner Jacke im Gras liegt. Er gibt dem Kommissar ein Zeichen, dass er aus dem Pkw etwas zu trinken holt. Kurz danach ist er mit einer Flasche Wasser und dem eingetroffenen Notarzt mit zwei Helfern zurück. Die Frau trinkt gierig in kleinen Schlucken und setzt prustend ab. Die geschwollenen Augen bleiben geschlossen. Vorsichtig legen sie die Frau auf die Trage.

Bevor Nuh den Ort verlässt, reden sie über das weitere Vorgehen. Sie verschließen notdürftig die aufgebrochene Rückseite der Hütte und verlassen den unheimlichen Ort. Der Kommissar entlässt Yai unterwegs und fährt dann direkt in die Klinik, um mit dem Arzt zu sprechen.

XVIII
Das Spiel ist zu Ende

Es dämmert bereits und die ersten Lichter flammen über der Stadt auf. Die Scheinwerfer eines Pkws begleitet vom Dröhnen des Motors wackeln den schmalen Anstieg hinauf zum Wald. Ein gutes Stück vor dem Wald erlischt beides. Die Insassen des Wagens finden den schmalen Weg auch so. Die zwei Gestalten steigen aus, sie halten ausgebeulte Plastiktaschen in den Händen. Das Buschwerk dämpft das Zuschlagen der Türen und kurz darauf tanzen kleine Lichtkegel durch den Wald und verlieren sich im Dickicht. Ohne sich umzublicken, kämpfen die Männer mit langem dornenbewehrten Gestrüpp, sie streben der Lichtung zu und stoßen schreckliche Flüche aus. Arglos durchqueren sie das niedrige Gestrüpp der Waldlichtung. Schließlich treffen ihre Lichtkegel das Haus, dort verharren die Gestalten, tasten am Schloss und beginnen umständlich, die Ketten an der

Tür zu öffnen. Das Klirren einer Kette und erneutes Fluchen durchbrechen die Stille.

Urplötzlich wird es um die beiden lebendig, wie aus dem Nichts ertönt der knappe Befehl »Zugriff!« Aus dem Dickicht stürmen Schatten auf die beiden zu, das metallische Entsichern der Waffen lässt die Männer an der Tür erstarren. Hände krallen erbarmungslos in die verschwitzten Kleider, gleichzeitig flammen von allen Seiten Scheinwerfer auf huschende Gestalten, weiße Beschriftungen und Uniformen nehmen Kontur an. Polizisten einer Sondereinheit halten die Überrumpelten an die Wand gedrückt, fordern mit knappen Befehlen ihre Hände hoch zu halten und die Füße zu spreizen. Schnelle Finger tasten die beiden ab und sie werden fündig. Leise klicken Handschellen an den Handgelenken. Die Festgenommenen schielen mit verbissenen Gesichtern in die grellen Lichtkegel der Taschenlampen. Yai tritt von der Seite an die beiden heran und sein Gesicht ist nahe der Gestalt des hageren und größeren Mannes. Er spuckt verächtlich zur Seite aus.

»Was haben Sie um diese Uhrzeit in der abgelegenen Gegend zu suchen?« Er bekommt keine Antwort. Yai wiederholt die Frage im schärferen Ton und stößt eine Hand in die Magengegend des Mannes. Keuchend antwortet dieser.

»Wir … wir wollten den Hund in der Hütte versorgen«, presst er hervor. »Sie können sich gern überzeugen, ob es stimmt!«

Er deutet auf die zwei Taschen am Boden vor dem Eingang. Yai hat die Antwort vorausgeahnt, er stößt mit dem Fuß an die Taschen. Der Hagere zeigt mit den Armen zur Verdeutlichung an die Tür der Hütte. Postwendend ertönt das heißere Kläffen, das Yai vom Mittag noch in den Ohren liegt. Im Licht der Scheinwerfer stielt sich jetzt ein Grinsen auf das Gesicht des Mannes. Yai reagiert gereizt.

»Das Lachen wird Ihnen sogleich vergehen, Sie Missgeburt. Was befindet sich noch in der Hütte?«

»Nichts, nur der Hund!«

Diese Lüge treibt Yai das Blut ins Gesicht und ohne Vorwarnung trifft seine Faust den Hageren in der Nierengegend. Der klappt mit einem spitzen Schrei zusammen und windet sich vor Schmerz am Boden.

»Der nächste Schlag landet in Ihrer Visage, falls Sie mich erneut anlügen! Oder wollen Sie, dass ich das geifernde Ungetüm erschieße? Nun, wie lautet die Antwort?«

»Okay okay … der Hund bewacht eine Person«, stöhnt er.

Yai atmet erleichtert aus.

»Ihr beiden habt also eine Frau entführt und ohne ihre Zustimmung in diesem Drecksloch festgehalten und martialisch gefoltert. Sozusagen gekidnappt. Ist das so?« Ohne eine Antwort abzuwarten, zielt seine Faust erneut auf den Mann. Ein wimmerndes Ja kommt von dem gekrümmt am Boden Liegenden. Der andere Mann nickt heftig, ohne dass er gefragt wurde. Seine Angst vor den Schlägen steht ihm in den Augen.

»Beide abführen und ab in die Zelle«, lautet die Anweisung an die Kollegen.

Wie der Spuck begonnen hat, so endet er, und nach wenigen Minuten herrscht Dunkelheit und Stille auf der Lichtung. Dem Bewacher des Hauses steht ein ähnliches Schicksal wie seinem Besitzer bevor, auch auf ihn wartet ein Gefängnis. Die rasche Klärung und die Festnahme der Entführer machen am nächsten Morgen in den Medien schnell die Runde und groß ist das Interesse der Lokalreporter, die ständig das Büro des Kommissars belagern.

Kurz nach Mittag wird der Erste der Festgenommenen in den Vernehmungsraum gebracht. Nang, der kleinere der beiden Entführer, sitzt zusammengekauert im Stuhl und stiert hin und wieder zum Beamten an der Tür. Die Minuten verrinnen und steigern die Nervosität des Wartenden. Beinahe geräuschlos öffnet sich eine Tür und Kommissar Nuh betritt den Raum. Sein Blick auf den Mann im Stuhl ist gnadenlos, was die Wirkung nicht verfehlt. Der Kopf des Verdächtigen wendet sich ihm zu, ein Auge zuckt unkontrolliert, er verfolgt jede Bewegung des Kommissars. Der hält eine Akte in den Händen, die er urplötzlich auf den Tisch knallt. Das erhöht zusätzlich die Angstreaktion des ohnehin nervös wirkenden Mann. Fahrig stößt er sich vom Tisch ab, will zwischen sich und den Beweisen im braunen Umschlag mehr Distanz, es wirkt wie eine Flucht, die schiere Angst vor dem Inhalt. Das Gesicht Nuhs bleibt ohne jede Regung. Wenn ihm eines zugestanden werden muss, dann sind es die eminenten Kenntnisse über Verhörmethoden.

Bedächtig schlägt er den Ordner auf und ebenso gemach liest er darin seinen selbst verfassten Bericht, als müsste er ihn Korrektur lesen. Dabei gilt sein Interesse allein dem Bild, das von einem Blitzer bei der Geschwindigkeitsüberschreitung am Stadt Ende festgehalten wurde. Die Person auf dem Foto und der Schwitzende vor ihm haben jedoch wenig Gemeinsames. Unvermittelt ruckt sein Kopf nach oben und sein Blick bohrt sich erbarmungslos in die Augen des Gegenübers.

»Sie wissen, weshalb Sie hier sind, Mister Nang?«

Der Angesprochene faltet die Hände, löst sie fahrig und streicht nervös durch die zerzausten Haare.

»Ja!«

»Dann komme ich sogleich zur alles entscheidenden Frage. Waren Sie an der Entführung von Miss Milfort beteiligt? Hat Sie Ihr Freund dazu angestiftet oder war es Ihre alleinige Idee? Überlegen Sie gut, was Sie sagen, es kann sich entscheidend auf das Strafmaß auswirken.« Er hält einen Stift bereit und klopft damit zur Verdeutlichung auf die Tischplatte.

Der Mann windet seinen Körper, schlingt die Arme darum und redet hastig.

»Er ist nicht mein Freund, wir kennen uns aus einer Kneipe am Hafen.«

»Weiter, weiter, wessen Idee war es nun, die Frau zu entführen, und weshalb. Mann, reden sie, ansonsten sehe ich schwarz für ein geringeres Strafmaß. Oder muss ich Ihnen etwas über die Bedingungen in unseren Gefängnissen erzählen?«

Langsam treten Schweißperlen auf die Stirn des Mannes. Seine Erinnerungen an ein abgesessenes Jahr im Bezirksgericht liegen ihm noch wie Steine im Magen.

»Okay, Mister Kommissar, so schwer mein Vergehen auch sein mag, ich rede und möchte meine Haftstrafe so gering wie möglich halten.« Ein Anflug von Erleichterung huscht über das verschwitzte Gesicht. »Ja, es hat eine Entführung gegeben, aber ich bin nicht der Haupttäter der Geschichte. Ich habe Huy im Konsang getroffen, und an diesem Abend schwafelte er von einem Auftrag, den ein Mann namens Lon vermittelt. Es ging um eine Frau, die für eine Woche festgehalten und danach wieder auf freien Fuß gesetzt werden sollte. Die Entführung sollte ganz einfach sein. Ich habe an diesem Abend sehr viel getrunken und Thi mein Wort gegeben, ohne dass ich genau wusste, was dahintersteckt.«

Der Kommissar unterbricht die Redseligkeit von Nang.

»Wer ist dieser Lon? Wo wohnt er, wie sieht er aus?«

»Ich weiß es nicht, Mister Kommissar, wirklich, ich habe den Mann niemals gesehen. Auch Huy hat nichts über den Mann erzählt, aber ich weiß, dass sie sich getroffen haben.«

»Und ich soll das Märchen glauben, dass Sie nicht wissen, was dahintersteckt?«

»Ich weiß, es klingt unglaubwürdig, aber ich spreche die Wahrheit, Mister Kommissar, und wie gesagt, war ich an diesem Abend so blau, dass wenig im Gedächtnis geblieben ist.«

»Gut, Mister Nang, belassen wir es dabei. Kommen wir zu einem anderen Punkt. Wie ist die Entführung abgelaufen und woher wussten Sie, um welche Person es sich dabei handelt?«

»Genaues erfuhr ich drei Tage vor der Entführung, auch dass es sich um eine deutsche Frau handelt. Huy erinnerte mich an mein Versprechen und die hohe Belohnung, wenn der Auftrag erledigt ist. Mister Kommissar, das ist keine Entschuldigung für mein Verhalten, aber dieses Jahr verstarb meine Frau, ich bin mit zwei halbwüchsigen Kindern allein auf mich gestellt. Ich kann jeden Baht gebrauchen, um die Kleinen zu versorgen«, klagt er und fährt dann fort.

»Huy sprach darüber, wie es ablaufen sollte. Wir hatten die Residenz am Brombat beobachtet und festgestellt, dass öfters Taxis aus der Stadt das Brombat anfahren. An einem der Tage beobachtete ich, wie zwei Frauen die Anlage mit dem Taxi verließen, und bin ihnen gefolgt. Ich war sicher, dass eine davon die Deutsche war, da ich ein wenig Deutsch verstehe. Wir haben in der Einfahrt ihre Rückkehr abgewartet. Sie kamen zum Abendessen und so ergab sich die Situation, dass die falsche Frau das Taxi bezahlte. Erst als wir unser Versteck erreicht hatten, fiel uns der Irrtum auf, weil die Frau nur englisch sprach und sich Mary Milfort nannte. Erzürnt über seinen eigenen Fehler begann Huy, die Frau zu quälen, und als sie ihm einmal ins Gesicht spuckte, rastete er völlig aus und quälte sie mit dem Messer. Es schien ihm völlig egal, ob sie im Haus verblutet oder vor Durst stirbt. Ich wollte ihr am nächsten Tag helfen, hatte zu trinken dabei, aber Huy hatte inzwischen den Kampfhund hingebracht, die Bestie ließ mich nicht zu ihr. Den Rest kennen Sie, Mister Kommissar.«

Diese Schilderung klingt für den Kommissar plausibel, aber er muss noch eine harte Nuss knacken und dem Drahtzieher der Entführung ein Geständnis abringen. Nach dem bisherigen Verlauf befürchtet er, dass dieser den Kopf aus der Schlinge ziehen wird, zu Ungunsten seines Komplizen. Er hofft, mit seinem Ass im Ärmel den bislang hartnäckig schweigenden Mann zu überführen. Er schlägt die Akte mit den Beweisen zu und verlässt das Zimmer.

Im Büro angekommen weist er Yai an, den zweiten Mann für das Verhör herbeizuschaffen. Er bereitet Tee vor und trinkt gemütlich, als hätte er alle Zeit der Welt. Wie zuvor bei der Befragung von Nang lässt er sich Zeit, bevor er das Vernehmungszimmer betritt. Im Gegensatz zu seinem Vorgänger sitzt dieser ohne Regung auf dem Stuhl und starrt auf die silbrig glänzenden Handschellen. Der Kommissar legt das Vernehmungsprotokoll und das kleine Aufnahmegerät auf den Tisch und hantiert gefasst mit dem Gerät. Beinahe gleichmütig schaltet er es an und spricht ebenso ruhig in dessen Richtung.

»Erste Vernehmung zum Tatbestand der Entführung Mary Milforts aus der Residenz Brombat. Anwesend Kommissar Nuh und der Tat dringend verdächtige Huy Masako, der am 21. des Monats am Tatort in Khonan verhaftet wurde. Die Umstände darüber sind protokolliert.« Es entsteht eine Pause, die Nuh nutzt, um die Akte vor sich aufzuschlagen und nachzusehen, was sie enthält.

»Mister Masako, möchten Sie eine Aussage zu den erhobenen Vorwürfen abgeben?«

Unbeeindruckt von der Frage kommt ein schroffes Nein, dazu huscht ein Grinsen über den schmalen Mund. Der Kommissar lehnt sich im Stuhl zurück und sieht fast ein wenig mitleidig auf Huy.

»Das werden Sie früher oder später tun müssen, wenn Ihre ablehnende Haltung auf das höchste Strafmaß angestiegen ist. Die Beweislage ist stichfest und wurde nicht zuletzt von Ihrem Komplizen bestätigt.«

Huy sieht den Kommissar nicht an. Die erste Trumpfkarte, die Nuh in die Vernehmung schleust, prallt am reglos Sitzenden ab wie ein Ball von der Mauer.

»Sie haben einen großen Fehler begangen, Mister Masako, sich ausgerechnet an dem Tag mit der Entführten fotografieren zu lassen, das war wohl ein dummer Zufall!« Nuh sieht unbeteiligt auf das Bild in der Akte, das Masako auf dem Beifahrersitz des Taxis scharf abgebildet zeigt.

Die Äußerung des Kommissars bleibt nicht ohne Wirkung. Der Verdächtige richtet sich nervös im Stuhl auf. Seine Augen versuchen auf dem Papier, das der Kommissar in der Hand hält, etwas zu erkennen. Doch er schweigt.

»Gut, Mister Masako, wenn Sie die Aussage verweigern, schließe ich die Vernehmung.«

Der Satz beendet die Befragung so ruhig, wie er sie begonnen hat. Nuh spricht dem letzten Satz in das Aufnahmegerät: »Die Untersuchungshaft wird fortgesetzt«, und nimmt es vom Tisch.

Nuh erhebt sich, gibt dem Beamten an der Tür ein Zeichen und verlässt den Raum. Die Wartezeit in der Zelle soll das Ihre tun. Aus vielen Vernehmungen weiß er, wie ein Typ wie Masako auf derartige Entscheidungen reagiert. Zunächst mal sollte ein längerer Aufenthalt in der mit Kakerlaken verseuchten Zelle seine Wirkung tun. Welches Resultat seine Vernehmung erzielen wird, soll er am kommenden Morgen erfahren.

Wie gewohnt kommt Nuh spät jedoch gut gelaunt zum Dienst. Der Assistent hält die Teekanne bereit und gießt für den Kommissar ein.

»Wo treibt sich Yai herum?« Der Angesprochene grinst und seine Kopfbewegung geht in Richtung Toilette.

»Ich denke, er wird seine Sitzung bald beenden. Übrigens Chef, einer der Verhafteten hat am Morgen randaliert und will Sie sofort sprechen.«

In diesem Augenblick geht die Tür auf und Yai tritt mit gerötetem Gesicht ins Büro. Er atmet erleichtert aus und setzt sich.

»Sie sehen etwas mitgenommen aus, hat sie Montezuma heimgesucht?«

Yai blickt irritiert zu Nuh und nickt.

»Gestern Abend hatten wir zum Geburtstag meiner Frau ein besonderes Essen. Ich mag Meerbrasse gerne, aber die Fische, die wir bekommen haben, waren wohl verdorben. Oder es war die höllisch scharfe Soße, die dazu gereicht wurde. Alle drei kommen wir seit heute Morgen nicht von der Toilette. Apropos Toilette, der Inhaftierte Huy hat damit die Zelle versaut und gegen die schlechte Verpflegung protestiert. Er will Sie sprechen.«

»Ist gut, wir warten noch eine gute Stunde dann wird er weich gekocht sein.«

Das Spiel mit der Vernehmung beginnt aufs Neue. Nuh breitet die Akte vor sich aus, stellt das Aufnahmegerät an und spricht für sein Protokoll darauf. Dann sitzt er mit Pokermiene dem blassen Entführer gegenüber und hatte alle Zeit der Welt, bevor er mit der Befragung beginnt. Aufreizend langsam blättert er in der Akte und bohrt unvermutet seine Augen in die seines Gegenübers. Der hält dem Blick kurz stand, senkt dann den Kopf und sieht auf die Handschellen an seinen Hände.

»Weshalb wollen Sie mich sprechen, Mister Masako! Was gibt es so Wichtiges?«

Fast flehend nimmt dieser die Hände hoch. Die Handschellen rutschen die dünnen Arme entlang ein Stück nach unten.

»Kommissar, ich möchte in eine andere Zelle verlegt werden. Meine ist voller Kakerlaken, und auf mein Rufen, dass ich zur Toilette muss, reagierte niemand. Ich musste die Zelle benutzen.«

Der Kommissar sieht gelassen in sein Gesicht, er ist mit seiner erfolgreichen Taktik, seiner undurchdringlichen Maske, zufrieden. – *»Na also, hatte ich doch recht mit meiner Methode. Der Bursche fängt an zu flattern und merkt es nicht mal. So wahr ich im Jahr der Ratte geboren bin, der Kerl ist in meiner Hand. Das Katz- und Mausspiel kann beginnen.«* –

»Das ist eine meiner leichtesten Aufgaben«, antwortet er heiter, »nuuhr …«, er zieht das Wort wie Kaugummi in die Länge, »brauche ich zuvor ein Geständnis im Fall der entführten Mary Milfort. Danach kommen Sie ins Untersuchungsgefängnis, solange der Prozess vorbereitet wird. Dort ist das Essen auch besser und die Zelle besitzt sogar eine eigene Toilette. Also, beantworten Sie jetzt meine Fragen?« Die Worte kommen bestimmend doch fast väterlich über seine Lippen.

»Okay, Mister Kommissar.« Huys Augen flackern, als er hastig zustimmt. Nun scheint er beinahe froh darüber zu sein, dass er reden kann.

»Also dann beginnen wir mit der entscheidenden Frage: Wer hat die Entführung beauftragt? Name und Adresse des Mannes.«

Überrascht richtet sein Gegenüber die Augen auf den Kommissar, die Frage hat er nicht erwartet.

»Den Mann kenne ich nicht, Kommissar. Ich weiß nur seinen Namen, er nennt sich Lon. Aber wo er wohnt …? Wir haben uns jeweils im Konsang verabredet, ohne Nang, den wollte er nie dabeihaben. Aber ich habe den Mann einmal zufällig im Zentrum getroffen, wo er abends gegessen hat. Es ist am Phan gewesen, das für seine delikaten Hähnchengerichte bekannt ist. Er saß nicht alleine dort.«

»Ja, und was wollte der Mann von Ihnen?«

»Lon sprach von einem Auftrag für einen deutschen Geschäftsmann. Eine Frau sollte für eine Woche aus dem Brombat verschwinden. Es wäre keine Lösegeldsache, sie sollte nur für ein paar Tage festgehalten werden, hieß es, danach sollte sie irgendwo freigelassen werden. Das Risiko, erwischt zu werden, schien mir gering. Und die Bezahlung stimmte.«

»Wer dieser Deutsche war, hat Lon wohl nicht verlauten lassen?«

»Nein, Kommissar, glauben Sie mir, nicht eine Silbe.«

Nuh ist froh, dass Masako die Schuld nicht auf den Mitläufer Nang abwälzt, so spart er sich eine Menge Zeit. Für ihn ist dieser Fall nun erledigt. Er schließt die Vernehmung und hat die Formulierung für das Protokoll bereits im Hinterkopf. Ihm war von Anbeginn an klar gewesen, dass nicht diese beiden diese Sache ausgeheckt haben. Die Geschichte hat einen Hintergrund. Nur welchen!

»Yai, haben Sie heute Lust auf Hähnchen? Wir sollten zur Abwechslung mal zu Phan und dort ein leckeres Reisgericht mit Huhn essen. Wir machen früher Schluss und gehen dienstlich dorthin. Es geht mir immer noch um diese Entführungssache Milfort. Ich habe da so einen Verdacht. Sie sind eingeladen, ich hoffe, Ihr Magen ist wieder in Ordnung?«

Der Inspektor räumt gerade seinen Schreibtisch auf, als der Kommissar mit dieser Einladung an ihn herantritt. Yai sieht verwundert auf, er nickt jedoch und beschließt, diese Einladung als kleine Zugabe für seinen Einsatz im Fall Mary Milfort zu betrachten.

»Ziehen Sie sich um, wir gehen dort in zivil hin, na fix, ich warte.«

Verwundert zieht sich Yai in den Nebenraum zurück.

Nach einer kurzen Fahrt erreichen sie die Innenstadt. Ein Fahrzeug in der für Thailänder wichtigsten Tageszeit hier zu parken, bedeutet warten und warten, bis irgendwo eine Lücke frei wird. Nicht jedoch für Nuh. Er setzt die Signalleuchte in Betrieb und stellt das Fahrzeug in eine Einfahrt. Es ist schon beinahe dunkel und die meisten Familien sind mit oder ohne ihre Freunde beim Essen. Einen Parkplatz zu finden ist die eine Sache, jedoch im stark besuchten Restaurant Phan einen Platz zu finden, eine ganz andere. Sie stehen eine Weile neben dem Eingang, bis endlich in einer Ecke Plätze frei werden, die auch noch eine gute Übersicht gestatten. Yai hat die Absicht des Kommissars noch nicht durchschaut, er muss seine Ungeduld zügeln. Denn zunächst bestellen sie und nehmen gekochten Reis mit scharfer Currysoße und gebackene Hähnchenkeulen. Nuh erzählt ununterbrochen über sein Hobby, das Segeln, und seinen Traum vom eigenen Boot, um die Inselwelt vor der Küste zu besegeln. Als sie endlich fertig gegessen haben, beginnt Nuh, den Fall anzusprechen.

»Was denken Sie, wie hoch sind die Chancen, den Fall gänzlich aufzuklären?« Er blickt in ein erstauntes Gesicht.

»Ich dachte, mit dem Geständnis von Masako ist der Fall abgeschlossen. Fehlt da noch etwas?«, fragt Yai überrascht zurück.

»Nun, Yai, die Akte in einen Kriminalfall wird erst geschlossen, wenn alle möglichen Hintermänner ermittelt wurden. Dass ich den Abschlussbericht verfasst habe, können Sie nicht wissen, aber die Frage nach dem Auftraggeber ist noch offen. Bei den Vernehmungen ist ein Name gefallen. Lon. Der geheimnisvolle Drahtzieher ist für mich der eigentliche Mann im Hintergrund und wohl der Mittelsmann zum Auftragsgeber. Diesen Ort hier habe ich bewusst gewählt, denn diesem Lon scheint das Hähnchen ebenfalls zu schmecken. Das heißt also, dass unsere Ermittlungen noch weitergehen.«

Yai schaut verdutzt auf den Kommissar, dann jedoch ist ihm klar, dass er hier im Auftrag des Kommissars wird observieren müssen.

XIX
In der Klinik

Das prickelnde Gefühl ist noch da, wenn sie an ihn denkt. Wie vor wenigen Tagen im Lokal etwa oder später im Hotel. Theresa nippt vom Kaffee, in Gedanken ist sie bei den Zärtlichkeiten, die sie vollkommen verwirrt haben. Die Tür vom Essenraum wird grob aufgestoßen. Der ermittelnde Kommissar Nuh steht breitbeinig im Türrahmen, begleitet von einem Beamten in Uniform. Beide mit ernsten Gesichtern. Die Gespräche der Anwesenden verstummen, sie verbinden Unheilvolles mit seiner Erscheinung. Yen geht erhobenen Hauptes auf den Kommissar zu und begrüßt ihn. Ein leichtes Nicken und eine eindeutige Handbewegung zum Schweigen lässt auch die Empfangsdame verstummen. Der Kommissar sieht über die Köpfe der Anwesenden hinweg, als wären sie Teil des Inventars. Seine Stimme durchschneidet den Raum mit einer sanften Schärfe.

»Ich darf Ihnen mitteilen, dass wir die vermisste Mary Milfort gestern Abend aufgefunden haben. Nachzutragen ist, dass sie in eine Klinik eingeliefert wurde. Gegenwärtig ermitteln wir noch, sodass ich keine näheren Angaben zur Entführung machen kann.«

Gemurmel hebt an unter den Gästen, aber die erneute Geste des Kommissars sorgt für Ruhe. Er dreht sich spontan zu Yen und reicht ihr einen Zettel.

»Falls Sie ermittlungsrelevante Aussagen machen können, Sie wissen, wo ich zu erreichen bin.« Er dreht grußlos ab und verlässt mit dem Beamten die Residenz.

Selbst für Yen ist dieses unübliche Benehmen der Beamten unangenehm, noch ahnt sie nicht, weshalb die Reaktion des Kommissars so merkwürdig ausfiel. Auf dem Zettel in ihrer Hand steht die Anschrift der Klinik, in der Mary Milfort versorgt wird. Sie weiß, dass besonders ein Gast der Residenz die Nachricht des Kommissars erleichtert aufgenommen und ungeduldiges Interesse daran hat, die aufgetauchte Mary in der Klinik zu besuchen. Yen geht zu Theresa und zeigt ihr die Nachricht. Ihr Lächeln ist wie immer undurchdringlich, auch wenn sie mit Theresa spricht.

»Wenn Sie erlauben, Miss Janter, ich fahre Sie gern zur Klinik und begleite Sie zu Mary.«

Dankbar nimmt Theresa das Angebot an und drängt sogleich auf den Nachmittag. Yen stimmt zu. Theresa sieht den Kommissar am Eingang im Gespräch mit dem Begleiter. Flink ist sie in dessen Nähe und wartet geduldig, bis der Kommissar sich ihr zuwendet.

»Verzeihung, Mister Nuh, vielleicht können Sie eine Auskunft zu Marys Entführung geben, denn ich glaube immer noch, dass es eine Verwechslung war.«

Der Angesprochene zieht die Augenbrauen zusammen und überlegt kurz, ob es klug ist, dem eigentlichen Entführungsziel die Wahrheit zu sagen. In knappen Worten erklärt er Theresa das Ergebnis der Vernehmungen, verschweigt jedoch einen Zusammenhang mit Deutschland.

»Sobald die Ermittlungen abgeschlossen sind, Miss Kanter, bekommen Sie die Information, wer auch immer für alles verantwortlich war.«

Sie bedankt sich und geht grübelnd in den Speisesaal zurück. Nach dem Essen versucht sie, die Zeit bis zum Nachmittag mit einem Spaziergang am Strand zu verkürzen. Wenige Gäste der Residenz halten sich in der Bucht auf, und so hat sie freie Auswahl von Liegen. Sie streckt sich längs auf einer aus und verfolgt eine Weile die vorbeiziehenden Wolken, schließt dann aber ermüdet die Augen. Bald erreicht sie ein Bild von zu Hause, sie sieht ihren Garten vor sich, die zartrosa Blüten der Pfingstrosen. Zugleich löst der Gedanke an den hochgewachsenen Rasen Beklemmung aus, er wird in ihrer Abwesenheit von niemandem gemäht. Ihr Aufenthalt hier war ja nur für drei Wochen geplant, nun sind beinahe sechs Wochen vergangen. Sie versucht, alles Hässliche aus den Gedanken zu schieben und schläft bei der leichten Brise, die vom Meer herüberweht, ein.

Plötzlich verspürt sie eine leichte Berührung am Arm und schreckt hoch. Yen lächelt sie freundlich an.

»Verzeihung, Miss Janter, ich dachte es mir, dass Sie am Strand sind und sich ausruhen. Ich wollte Sie zur Fahrt in die Klinik abholen.«

Theresa, noch ein wenig benommen, folgt der vorauseilenden Yen. Sie macht eine kleine Katzenwäsche im Zimmer und steigt kurz darauf in den veralteten Toyota Yens mit den durchgesessenen Sitzen. Am Rückspiegel baumelt ein kleiner Stoffaffe. Theresa vermutet, dass es ein Erinnerungsstück an Yens Sohn ist.

Sie müssen durch die Stadt, um die Klinik zu erreichen. Die Begleitung Yens ist ein glücklicher Umstand, da die Dame im Krankenhaus eine Menge Fragen hat. Theresa versteht keine Silbe. Sie folgt dem Wink von Yen, als sie zielstrebig die Gänge durchquert, die vollgestopft mit wartenden Patienten sind, bis sie in einen Seitenflügel der Klinik gelangen. Am Ende eines Ganges bleibt Yen vor einer Tür stehen. Sie klopft. Als keine Reaktion erfolgt, treten sie einfach ein. Im Raum sind die Vorhänge zugezogen, das Licht ist abgedunkelt. Die Luft ist feuchtschwül und es riecht nach Chlor. Nur das vordere Bett ist belegt, die Person darin scheint zu schlafen. An der Seite steht ein Tropf, der Schlauch endet in der Hand der Patientin. Theresa tritt an ihre Seite und berührt sanft die Schulter. Die Person dreht den Kopf und öffnet die Augen.

»Theresa, du bist es!«

Freudige Überraschung steht in ihren Augen. Die Stimme ist schwach. Mary trägt noch die fürchterlichen Zeichen und Wunden von der Entführung im Gesicht. Ihre Lippen sind aufgequollen, ein Auge hat tiefblaue Flecken. Theresa hält die verbundene Hand.

»Ja, ich bin es, Mary, und ich bin sehr froh, dass du hier versorgt wirst. Wie geht es dir? Hast du große Schmerzen?«

Die Augen leuchten als sie Yen im Hintergrund erkennt.

»Alles geht vorüber, Theresa, lediglich meine Brüste hat das perfide Schwein so schwer verletzt, dass man sie nähen musste. Aber ich bekomme Schmerzmittel. Es wird eine Weile dauern, bis ich wieder die Alte bin. Ich freue mich sehr über deinen Besuch.«

Die Tür zum Raum öffnet sich und ein Pfleger schiebt einen Versorgungswagen herein. Die

Verbände werden gewechselt, deshalb müssen sie den Raum verlassen. Sie verabschieden sich mit dem Versprechen, sich die nächsten Tage erneut zu sehen.

XX
Zu Hause

Theresa ist in den vergangenen Tagen äußerst nervös, doch lächelt sie, wenn sie mit den ihr vertrauten Mitbewohnern spricht. Niemand ahnt, dass sie bald eine Insassin weniger sein werden. Am Nachmittag erreicht sie ein Anruf aus der Polizeistation. Inspektor Yai hat neue Informationen für sie und bestätigt ihr den Irrtum bei der Entführung, macht jedoch keinerlei Angaben zu den Hintermännern.

Sie hat das Abendbrot eingenommen und winkt wie immer beim Verlassen des Saales noch einmal Bert zu und schenkt ihm ein Lächeln, das er erwidert. Den Drang, ihm für die Unterstützung in den vergangenen Tagen zu danken, unterdrückt sie. Yen steht mit einem unergründlichen Lächeln auf den Lippen am Buffet, drückt wortlos die Hände der Frau, die ihre größte Sympathie besitzt und für deren Entscheidung sie völliges Verständnis aufbringt. Im Zimmer beginnt Theresa systematisch die

Schränke zu leeren und verstaut ihr Sachen im Koffer. Mit Albert hat sie vor wenigen Tagen die Abreise besprochen, er wird sehr früh am Morgen vor der Residenz warten, sodass der Abtransport des Gepäcks und ihr Auszug aus der Residenz unbemerkt bleiben werden.

Sie verbringt eine unruhige Nacht, bevor das Handy auf dem Tischchen neben dem Bett summt. Gefasst und in voller Erwartung, dass Albert pünktlich erscheinen wird, kleidet sie sich an, wirft einen letzten Kontrollblick und geht aus dem Zimmer. Leise trägt sie den Koffer über den Gang zum Aufzug und verlässt die Residenz durch die Seitentür. Albert wartet mit dem Pkw in der Einfahrt und übernimmt den Koffer. Liebevoll nimmt er Theresa in die Arme. Theresas letzter Blick zurück auf das dunkle Gebäude der Residenz hinterlässt eine gewisse Zufriedenheit, die richtige Entscheidung getroffen zu haben.

Zu gerne hätte sie sich von Yen verabschiedet, aber das Risiko wollte sie nicht eingehen. Jeder in seine Gedanken versunken, verlassen sie die Stadt. Am Terminal gibt Albert die Wagenpapiere und Schlüssel ab und nach einiger Wartezeit sitzen sie schon im Direktflieger nach Berlin. Albert lenkt die nachdenkliche Theresa während des Flugs mit allerlei Geschichtchen ab, bis sie beruhigt den Kopf an seine Seite legt und einschläft.

Sie wird erst wieder wach, als es in der Kabine hell wird und die Stewards Menükarten für das Abendessen verteilen. Beide nehmen das angebotene Gericht, trinken ein Glas Rotwein dazu und reden über Alberts Eindrücke in Thailand. Theresa merkt ihm an, dass er sie in den ersten Tagen nach der Ankunft moralisch unterstützen wird.

In Berlin Schönefeld verlassen sie gutgelaunt das Ankunftsterminal. Theresa atmet die würzige Frühlingsluft Berlins ein. Es regnet leicht, aber ihr Herz hüpft vor Freude, heimischen Boden unter den Füßen zu haben. Sie nehmen die S-Bahn nach Friedrichshagen, dann ein Taxi zu Theresas Haus. Sie findet den Schlüssel, der unberührt während ihrer Abwesenheit unter dem Blumentopf lag. Das Haus ist stark ausgekühlt, aber sie trifft alles unverändert vor. Der Briefkasten allerdings ist vollgestopft mit Werbung und einigen Briefen. Darunter entdeckt sie eine Nachricht vom Grundbuchamt, dessen Inhalt formal auf die Bearbeitung eines Eigentums Wechsel andeutet. Albert kümmert sich um die Heizung im Keller, während Theresa die Wäsche versorgt, die Betten neu bezieht und den Kühlschrank in Betrieb nimmt. Dann bereitet sie Kaffee zu und sie setzen sich die dampfenden Tassen in den Händen, in Decken eingewickelt in die Küche.

»Theresa, wie ist dein Plan für morgen?«, unterbricht Albert seine nachdenkliche Freundin, »an welche Schritte hast du gedacht?«

»Weißt du, Albert, das Schreckliche an der ganzen Geschichte ist, dass mein Mistrauen gegenüber meinem Sohn ins Uferlose geraten ist. Meine Intuition sagt mir, dass die Angelegenheit einen tieferen Sinn hat. Ich traue ihm in der ganzen Angelegenheit, mich loszuwerden, allerhand zu.

Zu deiner Frage: Zu allererst haben wir für die nächsten Tage ja nichts im Haus, also sollten wir mit dem Einkauf beginnen. Später nehmen wir die S-Bahn in die Stadt, sprechen beim Grundbuchamt vor, erkundigen uns, welcher Antrag auf Änderung des Eigentumsrechts gestellt wurde. Dann sehen wir hoffentlich, was Sache ist. Anschließend möchte ich dich zum Essen ins ›Albatros‹ einladen. Erst danach kehren wir zurück, dann wird das Haus auch endlich warm sein, einverstanden?«

Albert nimmt sie wortlos in die Arme, dann stimmt er dem Vorschlag zu.

»Prima, Theresa, das ist wohl das Vernünftigste, zumindest klärt es die Situation um das Haus.«

Lange liegt sie später wach und versucht, ein wenig Ordnung in das gedankliche Chaos zu

bringen. Albert liegt neben ihr, seine gleichmä-
ßigen Atemzüge sind ihr noch nicht vertraut,
wecken bei Theresa ungewöhnliche Erinnerungen, aber sie ist glücklich über seine Nähe. Der
Gedanke an Yen und die Residenz begleiten sie
letztendlich in den Schlaf.

Am Morgen begrüßen Theresa erste Sonnen-
strahlen im Zimmer, seit langer Zeit fühlt sie
Geborgenheit und ist glücklich. Solange Albert
noch schläft, deckt sie den Tisch auf der Terrasse und verwöhnt Albert mit einem Berliner
Frühstück. Die freie Sicht hinunter zur Spree ist
nicht nur für Theresa ein Ereignis. Albert hält
eine Äußerung darüber zurück, kann jedoch die
Bemühung des Sohnes verstehen, diese Idylle
um jeden Preis zu bekommen.

Nach den Einkäufen fahren sie in die Stadt in
die Nähe zum Alexanderplatz. Rechtzeitig vor
Büroschluss erreichen sie das Grundbuchamt.
Der Beamte lässt sie zuerst warten, prüft Theresas Ausweis und steht dann suchend am dicht
gefüllten Regal mit den Unterlagen. Nach einer
Weile hält er eine Akte in den Händen und setzt
sich beiden gegenüber. Er blättert, hält an einer
Seite inne und liest.

»Sie haben recht, Frau Kanter, es liegt ein
Antrag auf Eigentumsänderung vor. Ein gewis-
ser Herr Alex Kanter ist der Antragssteller. Dem
Geburtsdatum nach und dem Namen handelt es

sich wohl um Ihren Sohn. Bislang wurde über den Antrag nicht entschieden.«

Albert sitzt wortlos neben Theresa, er mischt sich jetzt in das Gespräch ein.

»Ist es nicht so, dass bei Änderungsanträgen, sofern der Antrag nicht vom Eigentümer gestellt wird, eine Vollmacht vorliegen muss?«

»Das ist sicher richtig, jedoch bei Verwandten ersten Grades reicht eine förmliche Vollmacht und die liegt vor.«

»Gut«, erwidert Theresa und atmet erleichtert aus, »dann will ich dem Antrag hiermit widersprechen, da ich als Eigentümerin den Antrag nicht gestellt habe und eine Änderung verweigere.«

Der Beamte nickt, nimmt ein neues Formular, trägt die Daten ein und lässt Theresa unterschreiben.

»Damit wäre die Antragstellung nichtig, Frau Kanter, und der Antrag damit abgewiesen.«

Zufrieden über die gelungene Einwendung, verlassen sie das Amt. Theresa hat noch keine Ahnung, wie die nächste Begegnung mit ihrem Sohn oder der Schwiegertochter ablaufen wird. Sie nimmt an, dass die Residenzleitung bereits Kontakt mit ihm aufgenommen und das verlassene Zimmer gemeldet hat.

Sie überqueren den Alexanderplatz, als es in Theresas Tasche melodisch klingelt. Gefasst darauf, dass es ihr Sohn ist, gibt sie Albert einen

Kuss und meldet sich. Es ist tatsächlich seine Stimme, die energisch in ihr Ohr poltert.

»Mutter, was ist denn mit dir los? Die Residenz hat mich angerufen und dich erneut abgängig gemeldet. Sie haben finanzielle Konsequenzen angedroht. Wo bist du denn schon wieder?«

»Abgängig, mein Sohn, bin ich nur in Thailand«, erwidert sie sarkastisch. »Ich bin in Deutschland, wieder zu Hause, und nicht in irgendeine Residenz in Thailand abgeschoben. Gerade stehe ich mitten auf dem Alexanderplatz und telefoniere mit einem infamen Menschen, der mich gemein und schamlos hintergangen hat und mein Haus ergaunern wollte. Du kannst der Residenzleitung meine dauernde Abwesenheit bekanntgeben. Auf jeden Fall bin ich dort angekommen, wo ich leben möchte und meine Ruhe vor dir, vor euch allen, jetzt und in Zukunft haben will. Ich weiß Bescheid über deine Lügengeschichten.« Theresa hätte einiges dafür gegeben, jetzt das Gesicht ihres Sohnes zu sehen. Sie drückt den Anrufer weg und ist über das diskussionslose Ende des Telefonats erleichtert. Wortlos und mit einem zufriedenen Gesicht bietet Albert ihr den Arm und sie hakt sich tief ausatmend unter.

Jetzt ist sie zu Hause angekommen und strebt mit dem Mann, der ihre Liebe erwidert, zielgerichtet auf ein Café zu. Ein Gedanke begleitet sie währenddessen; die Thailandreise hat, trotz aller schmerzhaften Erfahrungen, doch ein Gleichgewicht und neuen Schwung in ihr Leben gebracht. Sie will eine neue Beziehung mit Albert aufbauen, hat mit beinahe siebzig Jahren noch einmal das Gefühl, gebraucht zu werden, und ist glücklich darüber. Während sie im Lokal Platz nehmen und auf die Bedienung warten, deutet Theresa Albert ein Telefonat an und wählt die Nummer von Ellen. Albert sieht erleichtert in das gelöste Gesicht, während seine Liebe telefoniert.

Zwei Monate nach der Rückkehr Theresas gelangt ein Schreiben an das Auswärtige Amt, worin die thailändische Polizeibehörde aus Surat Thani eine Anfrage mit einem förmlichen Ermittlungsersuchen stellt. Den Unterlagen liegt eine Kopie eines Reisepasses mit dem Einreisestempel bei, und die Bitte, eine in Deutschland lebende Person darüber zu befragen, wo sie zum angegebenen Zeitpunkt thailändisches Festland betreten hat und sich aufhielt. Allerdings sind das Bild und der Name des Gesuchten sowie der Einreisevermerk sehr undeutlich, sodass die Einreisebehörde eine weitere Verfolgung der

Angelegenheit für wenig erfolgreich hält. Die Akte wird mit dem Vermerk »*Nachforschung zum Antrag nicht möglich*« geschlossen. Alexander Kanter hat daraufhin Thailand nicht mehr betreten, da er eine Verhaftung befürchtet.